奎文萃珍

回文類聚

[宋]桑世昌
[清]朱象賢
輯

文物出版社

圖書在版編目（CIP）數據

回文類聚 / (宋) 桑世昌, (清) 朱象賢輯. -- 北京 : 文物出版社, 2024. 9. -- (奎文萃珍 / 鄧占平主編).
ISBN 978-7-5010-8506-4

Ⅰ. I222.72

中國國家版本館CIP數據核字第2024DX1536號

奎文萃珍

回文類聚 〔宋〕桑世昌 〔清〕朱象賢 輯

主　　編：鄧占平
策　　劃：尚論聰　楊麗麗
責任編輯：李子裔
責任印製：王　芳

出版發行：文物出版社
社　　址：北京市東城區東直門内北小街2號樓
郵　　編：100007
網　　址：http://www.wenwu.com
郵　　箱：wenwu1957@126.com
經　　銷：新華書店
印　　刷：藝堂印刷（天津）有限公司
開　　本：710mm × 1000mm　1/16
印　　張：28.5
版　　次：2024年9月第1版
印　　次：2024年9月第1次印刷
書　　號：ISBN 978-7-5010-8506-4
定　　價：160.00圓

序言

《回文類聚》四卷，宋桑世昌輯；《織錦回文圖》一卷，《回文類聚續編》十卷，清朱象賢輯。

回文，是傳統詩詞中的一種特殊體式。較爲寬泛的回文定義，指的是詩詞作品的詞句，順讀、倒讀，皆可成文。而更爲複雜的回文，指的是以文字布成各類圖形，在這一圖形中，以各種方向閱讀文字，均能組成有文理的詞句。《文心雕龍·明詩》云：『回文所興，道原爲始。』道原，其人無考。然據《文心雕龍》此條可知，回文在南朝時已成爲詩中一體。今傳回文作品中，以傳爲晉代女子蘇蕙作以寄夫之《璇璣圖》最爲有名。蘇蕙作《璇璣圖》事，見《太平御覽》所引王隱《晉書》、崔鴻《十六國春秋》等書，其早期故事梗概爲彭城令蘇道之女蘇氏爲秦州刺史竇滔之妻，竇滔得罪，蘇氏作《璇璣圖》以寄竇滔。至唐修《晉書》，則云《璇璣圖》作者名蘇蕙，并云《璇璣圖》『凡八百四十字』『宛轉迴環讀之』。《文苑英華》卷八三一收録題武則天撰《蘇氏織錦回文記》，叙蘇蕙作《璇璣圖》事則更詳。據唐修《晉書》及《蘇氏織錦回文記》等記載，可見蘇蕙作《璇璣圖》事已爲唐人津津樂道之典故，且所見《璇璣圖》，與後世所傳之《璇璣圖》，其面貌已相差不遠。

傳蘇蕙所作之《璇璣圖》，縱横各二十九字，共計八百四十一字，以各種順序閲讀，可得三、四、五、六、七言詩數千首。其後效其體者甚多。今傳桑世昌《回文類聚》，其卷一即全録《璇璣圖》，并闡發《璇璣圖》之讀法。桑世昌，字澤卿，浙江天臺人，爲陸游之甥，與高似孫、陳亮、葉適均有交往，博雅工詩，尤好《蘭亭》，曾彙考《蘭亭序》傳本，撰《蘭亭博議》一書，後更名《蘭亭考》。桑世昌以回文之體『情詞交通，妙均造化，此文之所以無窮也』，因此彙集所見回文，輯爲《回文類聚》一書。

桑世昌《回文類聚》分爲四卷，卷一爲蘇蕙《璇璣圖》及其各類讀法，卷二爲諸家雜著，收録『盤中詩』『鞶鑒圖』等回文詩圖，卷三爲輯録各家所作回文詩，卷四爲輯録各家所作回文詞。陳振孫《直齋書録解題》卷十五著録此書云：『《回文類聚》三卷，桑世昌澤卿集，以《璇璣圖》爲本初，而并及近世詩詞，且以至道御制冠于篇首。』其卷數與今傳本不合，且今傳本卷端亦未見御制詩，可見今傳之本已非桑世昌所著原貌。又《宋史·藝文志》著録『西湖寓隱《回文類聚》一卷』，其卷數雖與今傳本并《直齋書録解題》著録者均不相合，但據陳亮《桑澤卿莫庵詩集序》云『桑澤卿來客西湖』，則『西湖寓隱』疑爲桑世昌之别號，則宋元時《回文類聚》有一卷本、三卷本流傳，并與今傳四卷本不同。

《回文類聚》流傳至明代，已不多見。明萬曆中，張之象曾據桑世昌原書，增訂重刻，書牌題《名賢詩詞回文類聚》，但此本『鎸刻潦草，增益挂漏，更以明代之作入于宋人纂輯之内』，品質不佳。清初，朱象賢重刻此書，并輯有續編十卷，附于桑世昌原著之後。據朱象賢所説，其妻胡慧藏有回文鈔本二册，加以留心求訪，共得圖八十九幅，詩二百三十二首，詞二十二首，賦一篇，厘爲十卷，作爲續編。

回文是傳統詩詞體式中一種集趣味性與文學性于一體的特殊形式，綿延千年，作品豐富。而《回文類聚》則是重要的回文彙集之作。四庫館臣以回文此體『詩家既開此一途，不可竟廢』，《四庫全書》因此收入《回文類聚》一書，以備一格。除文體之特殊外，《回文類聚》作爲宋人所編總集，其中所收宋人詩詞具有一定的輯佚和校勘價值，亦值得研究。據《四庫總目》所説，《四庫全書》本所據《回文類聚》即康熙中朱象賢刻本，但四庫本將朱氏所輯續編十卷删去，實爲缺憾。今據康熙中朱象賢原刻本影印，以饗讀者。

編者

二〇二四年六月

正續合鐫

內繪五彩

織錦全圖

回文類聚

麟玉堂藏板

詩體不一而回文尤異自蘇伯玉妻盤中詩爲肇端竇滔妻作璿璣圖而大備今之屈曲成文者盤中之遺也反覆往回左右相通巡還成句及交加借字三四五六七言互誦者皆璿璣之製也至於藏頭拆字又後世之所爲非古人所有大凡新奇纖巧大方弗道然古來有此一體似不可以偏廢宋澤卿桑氏之纂矣亦此意歟是書流傳至今原本甚罕止有明張之象增訂重梓一帙行世但鐫刻潦草增益掛漏更以明代之作入於宋人纂輯之內共謂非宜是以悉仍桑氏原本附以所增達

磨唐宗二圖重鋟諸木非有別事更張惟欲一還
前人之本來面目而已玉山仙史朱爲賢識

序

詩苑云回文始於竇滔妻反覆皆可成章舊爲二體今合爲一止兩韻者謂之回文而舉一字皆成讀者謂之反覆又上官儀曰凡詩對有八其七曰回文對情親因得意得意逐情親是也自爾或四言或六言或唐律或短語既極其工且流而爲樂章蓋情詞交通妙均造化此文之所以爲無窮也

淮海桑世昌

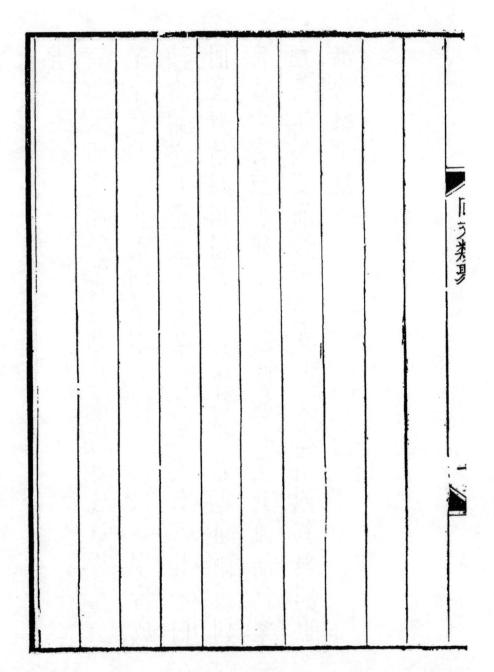

蘇蕙小像

鄭炳元鐫

桑君澤卿纂次回文類聚其中所錄諸詩非盡若蘭作也然所以作是體者則若蘭也前此雖有蘇伯玉妻盤中一詩不過屈曲成文終不能裴回宛轉可以悉通其他如傅咸反覆回文溫嶠虛言回文皆爲璇璣中之一端非藝林所重是以類聚所錄諸章雖非盡若蘭所作要皆無不以璇璣圖爲本源也桑君纂集既成尋有舊藏若蘭小照一幅側身斂態手執璇璣筆致文雅風神秀麗殊非凡品請以繪於卷首不但俾當時共瞻才女之幽閒亦可見吾輩不忘本之

意也偶題一絕并書於左

纖手猶持織錦圖低回斜立意難摸良工畫得當

時態能畫胸中巧思無

葉適

同文類聚總目

回文類聚總目

回文類聚卷第一

淮海桑世昌澤卿纂次

圖

蘇氏撰製

璿璣圖各敘讀例題後附

璿璣圖敘

前秦苻堅時秦州刺史扶風竇滔妻蘇氏陳留令武功蘇道質第三女也名蕙字若蘭智識精明儀容秀麗謙默自守不求顯揚年十六歸於竇氏滔甚敬之然蘇氏性近於急頗傷嫉妒滔字連波右

將軍于眞之孫朗之第二子也神風偉秀該通經史允文允武時論高之苻堅委以心膂之任備歷顯職皆有政聞遷秦州刺史以忤旨謫戍燉煌會堅克晉襄陽慮有危逼藉滔才略詔拜安南將軍留鎮襄陽初滔有寵姬趙陽臺歌舞之妙無出其右滔置之別所蘇氏知之求而獲焉苦加箠辱滔深以爲憾陽臺又專伺蘇氏之短讒毀交至滔益忿蘇氏蘇氏時年二十一及滔將鎮襄陽邀蘇氏同往蘇氏忿之不與偕行迺攜陽臺之任絕蘇氏音問蘇氏悔恨自傷因織錦爲回文五綵相宣瑩

心輝目縱廣八寸題詩二百餘首計八百餘言縱横反覆皆爲文章其文點畫無闕才情之妙超今邁古名曰璿璣圖然讀者不能悉通蘇氏笑曰徘徊宛轉自爲語言非我家人莫之能解遂發蒼頭齎至襄陽滔覽之感其妙絶因送陽臺之關中而具車從盛禮邀迎蘇氏歸於漢南恩好愈重蘇氏所著文詞五千餘言屬隋季喪亂文字散落追求弗獲而獨錦字回文盛傳於世朕聽政之暇留心墳典散帙之次偶見斯圖因述若蘭之多才復美連波之悔過遂製此記聊以示將來也如意元年

五月一日大周天冊金輪皇帝製

璿璣圖

蘇蕙

仁智懷德聖虞唐貞妙顯華重榮章臣賢惟聖配英皇倫匹離飄浮江湘津
傷嗟情家明葩榮志庭闈亂作人讒佞奸凶害我忠貞桑凶慈雍思恭基河
慘歎中無鏡紛爲篤明難受膚原禍因所恃恣極驕盈愉頑孝和淑自爲隔
懷懷傷君朗光誰終榮苟不義姬班女婕妤辭輦漢城潸淩休家貞記孝塞
慕所路房容珠感誓城傾在戒后孽嬖趙氏飛燕寔生景讒退遠敦貞敬殊
增離曠幃飾曜思穹熒猶炎盛興漸至大伐用昭丹青昭愚謙危節所是山
憂經退清華英多蒼形未在愼深慮微察遠禍在防萌西滋蒙疑容持從滐
心荒淫忘想感所欽岑幽巖峻嵯峨深淵重涯經網羅林光流電逝推生民
堂妃闈飛衣誰追何思情時形寒歲識凋松怨居歎如陽移陂施爲祇差士
空后中奮衰爲相如感傷在勞貞物知終始咎獨懷何潛西不何誰神無感
惟自節能我容聲將自孜君想顏衰改華容是爲女賤曜日日激與通者曠
思興厲不歌冶同情寧孜側夢仁賢別行士念誰賤鄙翳白無憤將上采悲
詠風樊歎發觀羽纓龍旂容衣詩情明顯怨衰情時傾英殊哀殊身節非路
和周楚長雙華宮憂虎彫飾繡始璇璣圖義年勞歎奇華年有志飭忘對長
音南鄭歌商流徵殷繁華觀曜終始心詩興感遠殊浮沉時盛意麗哀遺身

藏召衛咏齊曜清多文曜壯顏無平蘇氏理往變歲異浮惟必心華惟下微
摧伯女志興榮商患藻榮麗充端此作麗辭日思暮世異逝倏違榮感體憫
悲窮河遐碩翠感生嬰漫丁罹詩風興鹿鳴懷悲哀誰遊倏無一俯憂作巳
聲宛廣路人粲我艱是漫是何桑翳感孟宣傷感情者頹然盤體仰情者處
發淑思逶其威情惟憂何艱生時盛昭榮傾思永戚我流若不忠容何成憂
曲姿歸遊頎雞悲苦懷思苦我章徽恨微玄悼歎戚知沙馳戲離儀背辭房
秦王懷土思舊鄉身加兼愁悴少精神遐幽曠遠離鳳麟龍昭德懷聖皇人
商遊桑鳩揚佚傷榮身我乎集殃愆辜我因備嘗苦辛當神飛文遺分歸賤
絃西翳雙激好摧君深日潤浸愆思罪積怨其根難尋所明輕殊孤乖雁爲
激階陰巢水悲容仁均物品育施生天地德賞乎均勻專通身粲妾殊翔女
楚步林燕清思發離濱漢之步飄飄離微隔喬水誰陰一感寄飾散聲應有
流東桃飛泉君歎殊心昳者戚暱覩問遠離殊我同衾志精浮光離哀傷桑
清廟休翔流長愁方禽伯在誠故遺舊廢故君子惟新貞微雲輝群悲春剛
琴芳蘭凋茂熙陽春牆面殊意惑故新霜冰齊潔志精純望誰思想懷所親

讀圖內詩括例

依五色所分章讀之

仁智至憐傷　倫疋至榆桑　人賤至聖皇

春陽至殊方　欽岑至如何
已上七言四十句每句爲一首每首
反讀之計八十首
詩風至微玄　仁賢至凋松　充顏至虎龍
日往至奇傾
已上五言十六句以每句反讀之成
三十二首
周南至相追　年時至無差　讒佞至末形
愆辜至伯禽
已上四言二十四首作二句分讀就

成一篇

寧自至勞形　懷憂至何寃　念是至何如

悼思至者誰　詩情至終始

已上四言前四首以每句反讀後一首每句反讀成十首

嗟歎至爲榮　凶頑至爲基　遊西至摧傷

神明至鴈歸

已上三言十二首反讀成二十四首

佞因至舊新　南鄭至遺身　舊間至佞臣

遺哀至南音

已上七言凡起頭退一字反讀之成

四首

廂桃至基津　嗟中至春親　春哀至嗟仁

基自至廂琴

已上七言自旁退一字斜讀之成四

首

再敘

回文詩圖古無悉通者予因究璇璣之義如日

星之左右行天故布爲經緯由中旋外以旁循

四旁於其交會皆葬韻句巡還反復窈窕縱橫

各能妙暢又原五采相宣之說傳色以開其篇章其在經緯者始於璣蘇詩始四字其在節會者右旋而出隨其所至各成章什外經則始於仁眞至於音深中經自欽深至於身懸內經自詩情至於終始皆循方回文者也四角之方如仁眞欽心四韻成章而回文者也至其經緯之圖者隨色自分則外之四角窈窕成文而文皆六言也四旁者相對成文而文皆六言也及交手成文而文皆四言也在中之四角者一例橫讀而四言在中之四旁者隨向橫讀而五言惟

璇璣平氏四字不入章句觀其宛轉反覆皆才思精深融徹如幇自然蓋騷人才子所難豈必女工之尤哉詩編載馳史美班扇才女專靜用志不分雖皆擅名此爲精贍者也聊隨分篇掇其一隅以爲三隅之反代久傳訛頗有誤字亦輒澄改一二其他闕謬不欲以意定之雖未能盡達元思抑庶幾不爲滯塞云李公麟題

經緯始於璣蘇詩始四字

璣明別改知識深峨嵯峻巖幽岑欽所感想忘

荒淫心堂空惟思詠和音

詩興感遠殊浮沉華英翳曜潛陽林羅網經涯

重淵深峨嵯峻巖幽岑欽

蘇作興感昭恨神辜罪天離間舊新霜冰齊潔

志精純望誰思想懷所親凡三色讀不可回文

外經

仁智懷德聖虞唐貞妙顯華重榮章臣賢惟聖

配英皇倫匹離飄浮江湘回讀

傷慘懷慕增憂心堂空思惟詠和音藏摧悲聲

發曲秦商絃激楚流清琴

中經

欽岑幽巖峻嵯峨深淵重涯經網羅林陽潛曜
翳英華沈浮異遊頹流沙 回讀
何如將情纏憂慇多患生艱惟苦身加兼愁悴
少精神遐幽曠遠離鳳麟

內經

詩情明顯怨義興理辭麗作此端無終始 回讀
始終無端此作麗辭理與義怨顯明情詩

四角之方

仁智懷德聖虞唐貞志篤終誓穹蒼欽所感想
忘淫荒心憂增慕懷慘傷 回讀

四角之間窈窕成文

嗟歎懷所離經遐曠路傷中情家無君房幃清

華飾容朗鏡明 回讀

四角在中者一例横讀

念是咎愆誰爲獨居賤女懷歎鄙賤何如 反讀窈窕成文

愆咎是念誰爲獨居歎懷女賤鄙賤何如

四旁相對成文文皆六言

讒人作亂闈庭奸凶害我忠貞禍原膚受難明

所恃恣極驕盈

四旁隨向横讀而成五言

寒歲識彫松眞物知終始顏衰改華容仁賢別

行士 反讀窈窕成文

士行別賢仁容華改衰顏始終知物眞松彫識

歲寒

交手成文文皆四言

讒佞奸凶害我忠貞禍因所恃恣極驕盈 反讀

用色分章 止舉一隅餘皆倣此

橫用色

嗟歎懷所離經遐曠路傷中情 十二字用粉紅

家無君房幃淸華飾容朗鏡明 用綠

葩紛光珠耀英多思感誰爲榮 用白

周風興自后妃楚樊厲節中闈 周楚二字用黃 外十字用綠

長歎不能奮飛雙發歌我哀衣 長雙二字用黃 外十字用粉紅

華觀治容爲誰宮羽同聲相追 華宮二字用黃 外十字用青

已上依此順讀成章

直用色

庭幃亂作人　明難受虜原 用綠

榮苟不義姬　城傾在戒后 用粉紅

熒猶炎盛興　形未在愼深 用青

已上作兩句各添下字倒讀成章

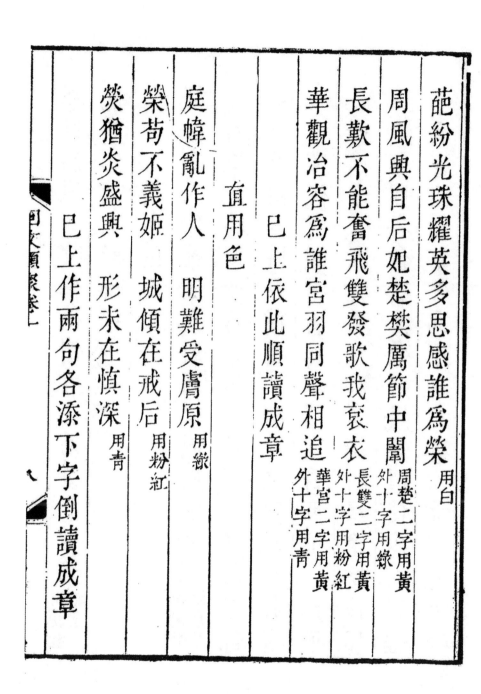

寧自感思孜孜傷情側君在時夢想勞形用粉紅順讀

龍旂容衣虎彤飾繡八字用綠

橫用色

奸佞讒人作亂闈庭所因禍原膚受難明讒禍至漸慮黃

右舉此爲側餘可悉通元祐三年九月工部何公過麴院見僕書几有此驚曰昨日於屯田陳侯所觀書唐眞本圖宜皆可求一見果得出示凡六幅右三爲若蘭所居重樓複屋戶牖間各作著思練絲織錦遣使處左三幅爲竇滔歸第外爲車馬相迎次女妓坐大氍

踰合樂其間樓閣對飲處又見圖中近上作
逵水紅橋賓臨高列騎擁旌旄以望橋之西
轓車從數騎排引見滔盛禮迎蘇圖中近下
左書武后序右寫詩圖徐視果有淡色分其
篇章正與此同廼知人心不甚相遠而尤可
怪矣青紅緣旋所之方皆不少差蓋理之所
在陰陽五行色味莫不相假况情識之運宜
自冥合也元豐四年四月趙郡李公麟伯時
再題

又五色讀法

四圍縱橫初行八行十五廿二廿九行及仁嗟
斜至春親琴廂斜至基津以朱畫其形如交按
讀法此色凡九圖其餘四色色各一圖共詩三
千七百五十二首四隅嗟情至英多遊桑至長
愁神飛至悲春凶慈至持從縱橫皆六字以墨
畫
正面妃闈至雞悲移陂至貲辭縱六字橫十三
字庭闈至防萌身我至惟新縱十三字橫六字
以青畫
中方正面龍旂至麗充衰情至暮世縱四字橫

五字兩旁寒歲至行士詩風至微玄縱五字橫
四字以紫畫
中方四隅思情至側梦嬰漫至若我慾居至賤
鄙懷悲至戚知縱橫皆四字又中縱各五字詩
情至顯怨端此至麗辭橫各五字詩始至無端
怨義至理辭空中心圖始平蘇氏詩心九字以
黃畫
蘇蕙織錦回文及今已久所以欲見其彩色
宛然一如蕙之手著者甚爲難得八月廿日
駕幸翠微殿賞桂詔令賦詩見御案所置一

幅五色相宜讀之易明因照式記之以志不忘至道元年十二月六日廣慧夫人書

又敘

蘇蕙織錦回文詩所傳舊矣故少常沈公復傳其畫繇是若蘭之才益著然其詩回旋書之讀者惟曉外繞七言至其中方則漫弗可考矣若沈公之傳亦謂辭句脫略讀不成文殊不知此詩織成本五色相宜因以別三四五六七言之異後人流傳不復施采故迷其句讀非辭句之脫略也政和初予在洛陽於居士王晉王許得

唐程士南效此詩并申誠之釋而後曉然是詩也初不舛脫蓋沈公未嘗見此本耳然申誠所釋但依士南之設色其七言數火其色反黃四言數金其色反綠於五行爲弗協意蘇氏詩圖之色爲不爾今因冠詩於畫遂別而正之三四五六七言之詩各隨其行而爲之色觀者見其色則詩之言數可知已至於士南之文既有釋者則傅采自從其舊而因書於卷末云國初錢鎮州惟治嘗有寶子垂綬連環之詩亦錦文之遺範而世罕傳故聊附左以資書儁言鯖之餘

味焉七年九月二十七日會稽黃集長孺父書
於山陽襄華堂其所載彩色與五色讀法同故不再錄

跋錢鎮州回文後

錢鎮州詩雖未脫五季餘韻然回旋讀之故自娓娓可觀題者多云寶子弗知何物以予攷之乃迦葉之香爐生有金華華內乃有金臺即臺爲寶子則知寶子乃香爐耳亦可爲此詩但圜若重規然豈漢丁緩被中之製乎

題璇璣圖後　山谷黃庭堅

千詩織就回文錦如此陽臺暮雨何亦有英靈

蘇蕙子只無悔過竇連波

擬題竇滔妻織錦圖送人

太虛秦觀

悲風鳴葉秋宵涼絲寒縈手淚殘妝微燭窺人

愁斷腸機翻雲錦妙成章

題織錦圖

東坡蘇軾

余少時見一江南本其後有題詩十餘首皆

奇絕宛轉過於蘇氏之作遠甚今獨記其三

絕

春晚落花餘碧草夜涼低月半枯桐人隨鴈遠

城邊暮雨映疎簾綉閣空
紅手素絲千字錦故人新曲九回腸風吹柳絮
愁縈骨淚洒縑書恨見郎
羞看一首回文錦錦似文君別恨深頭白自吟
悲賦客斷腸愁是斷絃琴

題織錦圖

太虛秦觀

蘇子瞻記江南所題詩本不全予嘗見之記
其五絕今以補子瞻之遺
紅窓小泣低聲怨永夕春風斗帳空中酒落花
飛絮亂曉鶯啼破梦怱怱風一作寒

稀草露如郎薄倖亂花飛似妾情多歸鴻見處
揮珠淚語燕聞時斂翠蛾
琴絃斷續愁兼恨嶺水分流西復東深院小扉
紅日落綉窻閑倚更誰同
參横霽色天流水鳥宿寒枝竹鎖煙衾惹舊香
清夜半淚凝殘燭畫堂前
寒信霜風秋葉黄冷燈殘月照空牀看君寄意
傳文錦字字愁縈惹斷腸

再次上韻三絕　東坡蘇軾

春機滿織回文錦粉淚揮殘露井桐人遠寄情

書字小柳絲低日晚庭空
紅牋短寫空深恨錦句新翻欲斷腸風葉落殘
驚夢蝶戍邊回鴈寄情郎
羞雲斂慘傷春莫細縷詩成織意深頭伴枕屏
山掩恨日昏塵暗玉窻琴

璇璣圖攷異

璇璣圖士夫家所藏類不同有前序而無凡例者十常八九故艱於句讀且復差舛予嘗參攷訂證幾數十處其文頗備但有合兩存者如自成文章與自爲語言滋極而作愁極舊邦而作

舊鄉昭景而爲照景者皆在可取又松陵雜體
詩序云晉傳咸有反覆回文詩反覆其文者以
示憂心展轉也悠悠遠邁我獨煢煢是也由是
反覆興焉溫嶠有回文虛言詩云寧神靜泊損
有崇亡由是回文興焉今世皆推本蘇氏而不
及二子蓋蘇亦晉人詩苑所謂舊有二體則恐
別有所自合而爲一則當始於蘇也嘗按晉列
女傳云滔苻堅時爲秦州刺史被徙流沙蘇氏
思之織錦回文以贈滔轉宛循環讀之詞甚悽
惋則又與武后所序不協蓋歷時寖久疑信相

傳無足多怪近於友人王守正處見一本兼著人物乃治平中太常少卿洗立將漕河朔於東都陳安期家所得古本唐文宣所製畫筆絕精命工模搨廣爲横軸且云詞句脫略讀不成文僅見梗概其後有東坡及孔毅甫秦太虛跋語坡則三詩元豐二年七月十二日書孔則五詩四年九月十七日題秦則一詩元祐戊辰正月十四日汝南蠹魚閣所記皆今所刊者但五詩以補子瞻之遺平時多見淮海集中初不以爲出於毅甫也而少游跋乃云蘇孔二公所載八

絕雖極新奇然與圖上詩體不類遠甚疑是唐人擬作往歲過關山雙木驛壁間有題云悲風鳴葉愁宵凉云云 亦稱蘇氏織錦圖詩未知其果然否此跋本集無由是推之則太虛一絕非其所擬五詩乃得於孔氏秋愁二字又小不同曾不百年而矛盾如此因具載云

回文類聚卷第一

回文類聚卷第二

淮海桑世昌澤卿纂次

圖

諸家雜著

附

盤中詩

蘇伯玉妻

右寄夫　三七言古詩一首

讀法　盤旋讀自中心山樹起向上右轉至深字即出下層左轉此層讀完至出字又出下層右轉五六七層俱倣此至周四角止

鞶鑑圖序

上元二年歲次乙亥十有一月庚午朔七日丙子予將之交趾旅次南海有好事者以轉輪鉤枝八花鑑銘示予云當今之才婦人作也觀其藻麗反覆文字縈迴句讀曲屈韵諧高雅有陳規起諷之意可以作鑑前烈輝暎將來者也昔孔詩十典不遺衞姜江篇擬古無隔班媛藎以超俊穎拔同符君子者矣嗚呼何勒非戒何述非才風律苟存士女何算聊撫鏡以長想遂援筆而作序太原王勃撰

輦鑑圖

花上八字枝間八字環旋讀之四字爲句遞相爲韵

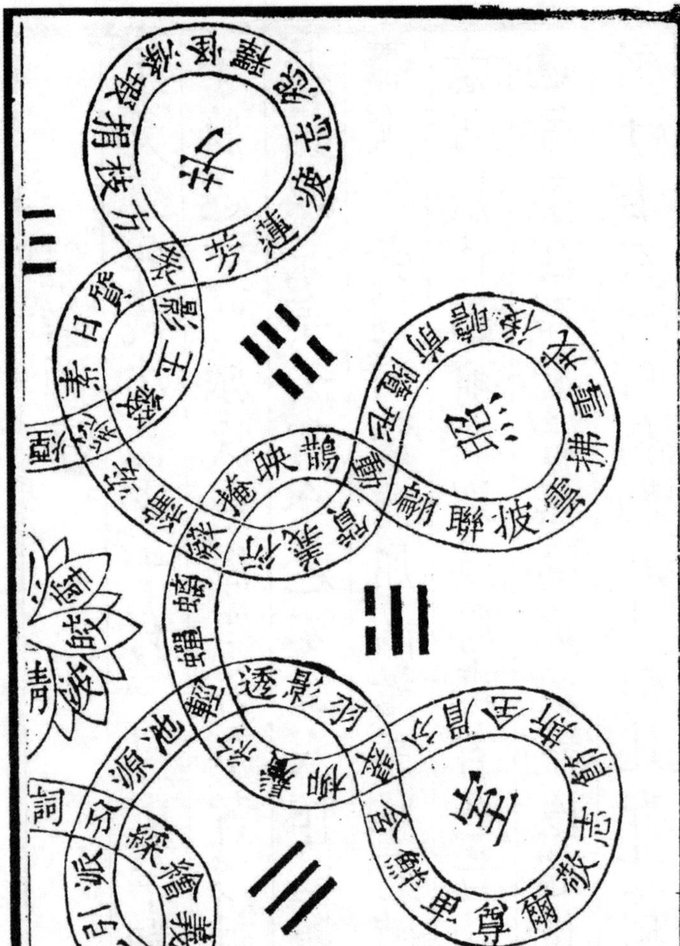

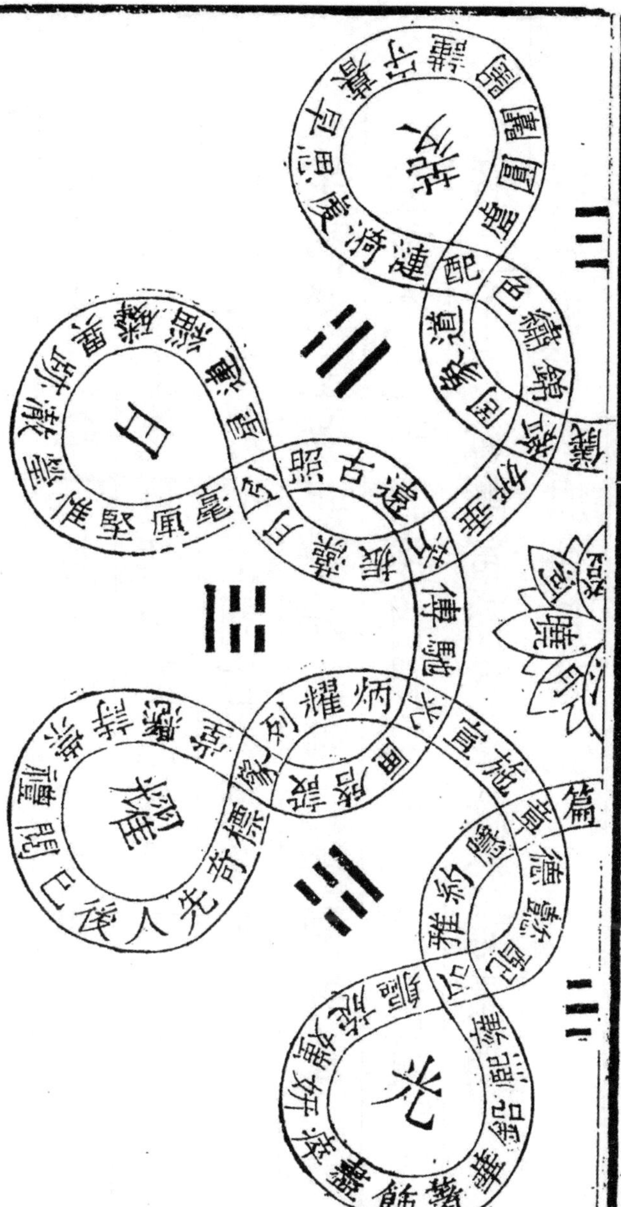

讀法　右鞶屈糾結爲八枝者左旋讀之自篇
字起至詞字止當就支脂字韵右旋讀之自詞

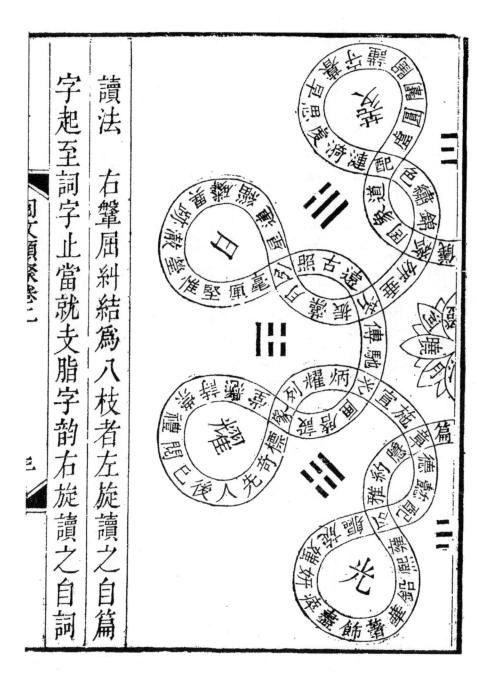

字起至篇字止當就先仙字韵花上枝間或左
或右俱可成文亦四字爲句即古玉連環也

䟦

元和十三年二月八日予爲中書舍人
翰林學士夜直禁中奏進旨檢事因開
前庫東閣於架上閱古今撰集凡數百
家偶於王勃集中卷末獲此鑑圖并序
愛玩久之翌日遂自摸寫貯於箱篋寶
曆二年乃命隨軍潘玄敏繪於縑素傳
諸好事者太原令狐楚記

玉連環　殷仲堪

禮節有宜歡令酒爲

右酒盤銘四言

讀法或左或右俱可叶韵成文

玉連環　又

狂　樂　戚　喪　亂　昏　德　醉

右酒盤銘其二

讀法同前

玉連環　梁武帝

模德寫行圖驥假音

右古硯銘四言

讀法同前

回文類聚卷二　五

玉連環　工遲

壁圓水文跡宣硯明

右硯銘四言

讀法同前

玉連環　　簡文帝

風紗羅光涼月照霜

右紗扇銘 四言

讀法同前

玉連環　　呂巖

神　傷　德　亂　身　亡　國　敗

右酒箴四言

讀法同前

玉連環　　　又

神機忘入眞合氣傷

右色箴四言

讀法同前

通貫回文　　宋庠

野潤接平沙磯灘鷺荻槁蓑簇近開花飛螢聚亂麻

右寄范希文五言四句順回讀二首　七言四句順回讀二首

讀法　從花字起五言向上右旋至飛字止又左旋回讀至花字止不必拆借七言將花字拆作艸化麻字拆作广音剡林沙字拆作少水槁字拆作木高向上左轉以首字拆開讀次用合全之麻沙花爲韻回讀右轉以末字拆開讀次用合全者爲起字以少艸爲韻

脫卸連環　　太虛秦觀

靜思伊久阻歸期憶別離時聞漏轉

右客懷七言四句

讀法　從下中間靜字左旋第二句從前句第四字讀起如靜思伊久阻歸期第二句久阻歸期憶別離第三句又從第二句第五字讀第四句與第二句同

脫卸連環　　東坡蘇軾

賞花歸去馬如飛酒力微醒時已暮

右採蓮　七言四句

讀法　同前

錦纏枝

南山

巒秀聳嵓飛澗水
翠間吟恣取歡邊
近侍歸興酒宴松
居客來殘闌聚竹
深邀喜席終陪檜
處親室淨牕寒宜
好音清玉漱泉冗

右幽居對客 七言八句順回讀二首

讀法 東北起借寒字冠於泉字之首接漱玉字從上右轉螺紋讀入至中心殘字止每句以上句末字作次句首字回讀亦然

藏頭拆字詩　　白居易

洗塵埃道味嘗於名利兩相忘懷六洞丹霞客誦三茪庠莫里琮廉歌達旦輪明月桂飄香高公子還相覓得山中好酒漿

右遊紫霄宮　七言八句

讀法　每句取第一字下半爲起字從右轉首句用襍字之下半水字讀起如水洗塵埃道味嘗甘於名利兩相忘是也

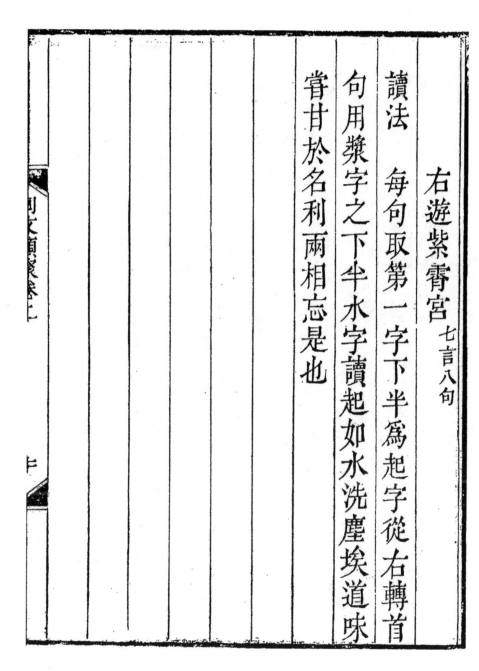

擬織錦圖

失名

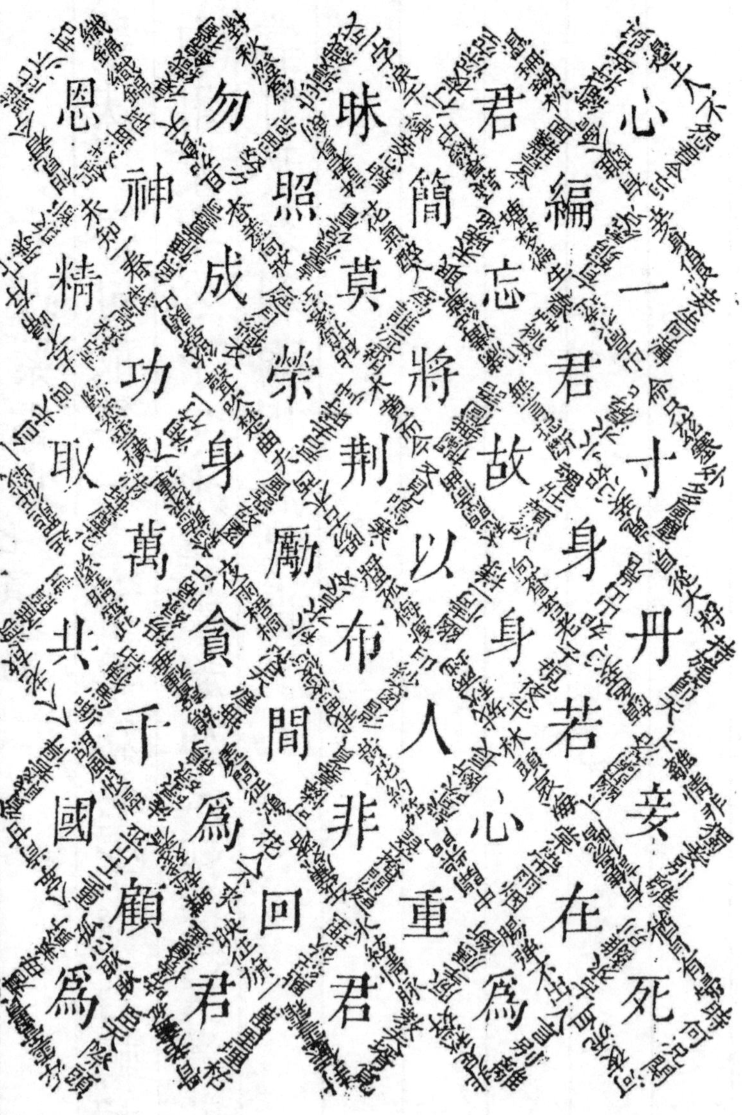
心一寸丹妾死
編君身若在
君忘故身心爲
簡將以人重
昧莫荆布非君
照榮勵間回
勿成身貪爲君
神功萬千顧
恩精取共國爲

右七言古詩一首

讀法　從東南角織錦織錦復織織錦讀起由西北東北環至存亡勝敗都未知又轉向內至中間復又環回外轉至君今雖此亦君即接斜眼內恩字橫連勿昧君心一寸丹至將以人間勵荆布止

擬織錦圖

山本如重妾憶
妾獻一將妾織今
亦夫見願放閒
思及君早還君
先成君曲不暫成未

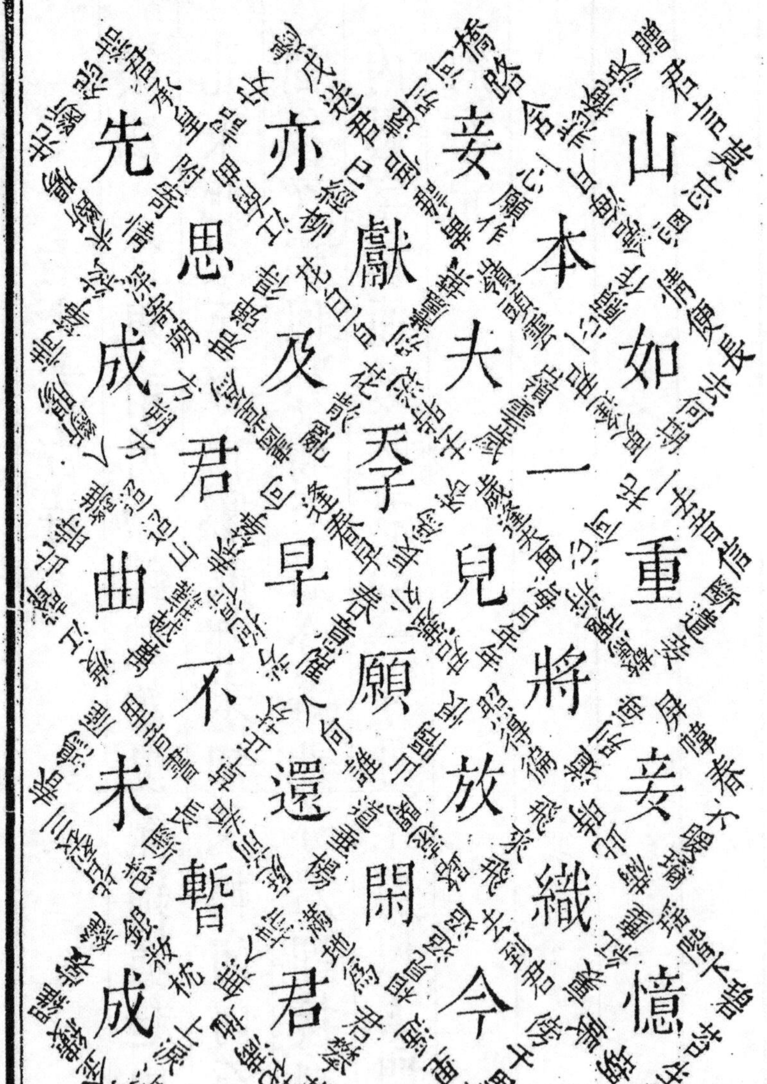

右七言古詩一首

讀法　自東南角君承皇詔安邊戍起橫行至西南轉下西北珊瑚帳裏紅塵滿向上斜曲至一心願作嶺頭雲照前向下回旋至左上角怨結郎接斜眼中先成曲未成向下環轉入內至織將一本獻天子願放兒夫及早還止

附

回文　　達磨

身至淨明圓始終參妙極真離性情緣理空忘照寂

右眞性頌四十首

讀法　原無

達磨西來不立文字直指人心見性成佛獨有眞性一頌雖二十字𢌞環讀之成四十首計八百字每首用韻四至俱通以表眞性無有窮盡也此近得之友人趙希觀用賔云

雲間張之象識

回文

唐太宗

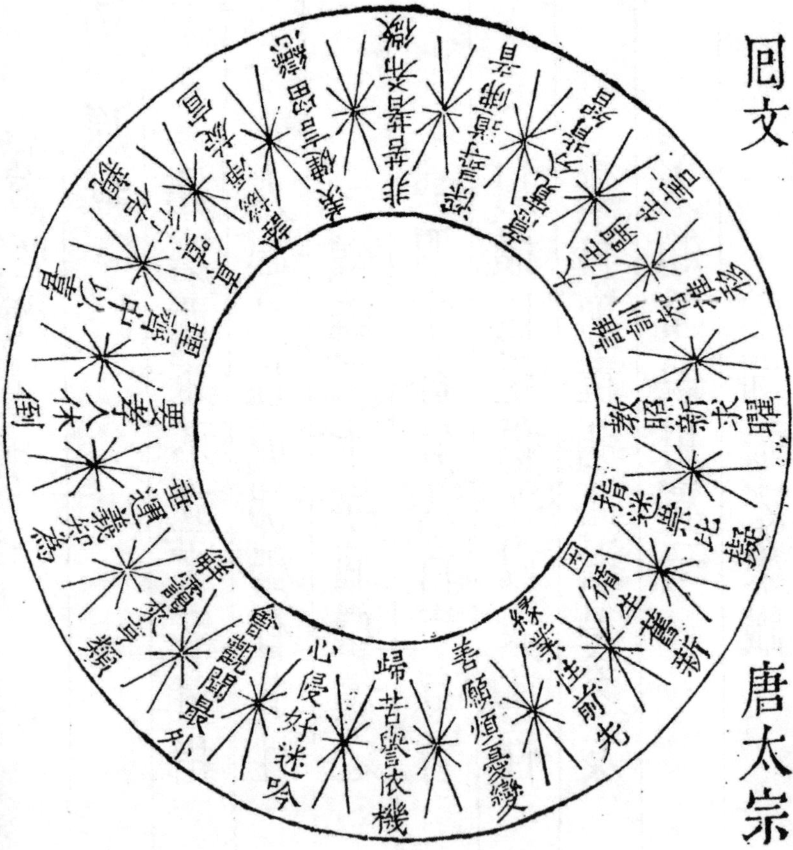

右千首

讀法 原無

唐之文皇文武經緯康世範俗崇儒術而師帝先最後皈心大覺覯其御製囘文千首若摹達磨眞性頌而益廣之葢祖印現成言簡理徹規定機圓世主爲護法金湯故横斜直豎交互咸著出纏之旨隨在不變苟語乖傳而音罔諧支離駢贅乎哉誠帝王之奇作也自非張觀察之鑒賞羅置後人何由寓目

萬曆癸巳上巳日新安方道成識

閩文類聚卷第二

回文類聚卷第三

淮海桑世昌澤卿纂次

詩

古今諸家各體

古詩九家　今詩十七家

四言以下古詩　賀道慶

陽春艷曲麗錦誇文傷情織怨長路懷君惜別同心膺填思悄碧鳳香殘金屏露曉入梦迢迢抽詞軋軋泣寄迴波詩緘去札

春遊五言

枝分柳塞北葉暗榆關東垂條逐絮轉落蕊散花
藂池蓮照曉月幔錦拂朝風低吹雜綸羽薄粉艷
妝紅離情隔遠道難結深閨中

五言　　　　齊王融

靜煙臨碧樹殘雪背晴樓冷天侵極戍寒月帶行
舟

後園作

斜峯繞徑曲聳石帶山連花餘拂戲鳥樹密隱鳴
蟬

和湘東王後園　　　　梁簡文帝

枝雲間石峯脈水浸山岸池清戲鵠聚樹秋飛葉
散

又　邵陵王蕭綸

燭花臨靜夜香氣入重幃曲度聞歌遠繁絃覺舞
遲

又　庾信

旱蓮生竭鑊嫩菊養秋潾滿池留浴鷺分橋上戲
人

又　定襄侯

危臺出岫迥曲澗上橋斜池蓮隱弱芰徑篠落藤

花

六言

青山暎雪含思碧草抽煙繫情屏香梦愁月落棹

蘭吟苦風淸零珠涙紅軫促慘雲娥翠杯停聽君

唱我離恨聲悲心悽骨驚

山居 七言 戴光乂

犂鋤闊地燒侵雲焰猛衝巖迸鹿羣鼙鼓靜時長

霸國戰爭無事慼明君啼猿響樹寒山碧宿鳥喧

巢夜霧曠梯嶮上巖緣路去院僧敲磬曉來聞

曉起即事寄皮襲美 陸龜蒙

平波落月吟閒景暗幌浮煙思起人清露曉垂花謝半遠風微動蕙抽新城荒上處樵童小石蘚分來宿鷺馴晴寺野尋同去好古碑苔字細書勻

和陸秀才曉起　皮日休

孤煙曉起初原曲碎樹微分半浪中湖後釣筒移夜雨竹傍眠几側晨風圖梅帶潤輕沾墨畫蘚經蒸半失紅無事有杯持永日共君唯好隱牆東

絕句　五言　以下今詩　紓川

小徑緣溪綠低簷傍樹陰好峰秋入眼清月夜窺林

四時四首　梅牕

春

晝永春庭邃雙飛燕隔簾袖隨簾翠捲時見玉纖

纖

夏

曲磵跳珠碎楚山疊翠濃竹新敷影薄閒看倚枝

節

秋

小雨涼添夜蘭芬潤襲衣曉屏山曲曲長若夢思

歸

冬

曲徑穿叢密香清爲客來玉梢梢外雪苔古暈疎

梅

因小兒學琴終夜不寐作

陳朝老子高

鳴鶴操音清興幽發性情聽琴愛夜半明月上殘

更

客懷

遠山雲夢斷長路客愁新殘漏悲鐘急香車碾暗

塵

無題三首　　半山王安石

碧蕪平野曠黃菊晚村深客勸留酣飲身閒累苦吟

梦長隨永漏吟苦雜疎鐘動葢荷風勁霑裳菊露濃

迸目川魚躍開雲嶺鳥翻徑斜荒草惡臺廢治花繁

客懷律

泊鴈鳴深渚收霞落晚川柝隨風斂陣樓暎月低弦漠漠汀帆轉幽幽岸火燃鐙危通細路溝曲繞

平用

暮春 六言絶　　陳朝老

纖纖亂草平灘冉冉雲歸遠山簾捲深空日永鳥啼花落春殘

晩眺 七言絶　　東坡蘇軾

長亭短景無人畫老大橫拖瘦竹筇回首斷雲斜日暮曲江倒蘸側山峰

右一首名神智體以意寫圖令人自悟

神宗熙寧間北虜使至每以能詩自矜以詰翰林諸儒上命東坡館伴之虜使

乃以詩詰東坡東坡曰賦詩亦易事也
觀詩稍難耳遂作晚眺詩以示之虜使
惶愧莫知所之自後不復言詩矣

記梦

十二月二十五日大雪始晴梦人以雪水烹小
團茶使美人歌以飲余梦中爲作回文詩覺而
記其一句云亂點餘花唾碧衫意用飛燕唾花
事也廼續之爲二絶句云

酡顔玉盌捧纖纖亂點餘花唾碧衫歌咽水雲凝
静院梦驚松雪落空巖

空花落盡酒傾缸日上山融雪漲江紅焙淺甌新
火活龍團小碾鬭晴牕
咏梅　茹芝翁
東溪小步晚煙隨玉點花疎竹外枝風襲袖香清
滿徑忽忽好處恨來遲
戲成　松隱曹勛
春光曉看如殘梦院静宜兼竹影疎新處觸時佳
意在夜寒猶怯枕衾孤
即事　醒菴王卿月
花落滿林春寂寂亂紅流水遶飄香鵰栖巳合暮

雲碧斜日看山空斷腸

秋江寫望　梅牕

寒江暮泊小舟輕白鷺樓煙蕺葦鳴寬望遠空浮

湛碧老蟾驚玉弄秋清

西湖戲書二首

蜿蜿翠麓時煙漲灩灩金波夜月澄樽酒具時隨

興遣景多逢處曲欄凭

雲巢望斷望西湖竹護梅藏隱士居芬草綠深春

盎盎客來同攬一山孤

春望

絲絲柳翠連雲幕點點鷗輕漾晚波時事無心隨興遠日長閒處理衣裳

春晝　陳朝老

悠悠亂片花空舞冉冉輕絲晴晝長樓下怯寒香袖薄破愁春酌濁醪香

春夜　徐子禮

斜光月暎紗牕小美蔭雲連翠竹高花露染成香地暖隔簾輕吹晚騷騷

四時四首　隨齋徐瓘

春

風吹細浪低田麥雨過初分淺水秧紅樹半開桃
臉嫩綠波深暎柳絲長

夏

林垂紫李玉成蹊水暎紅榴石近溪深棟雙雙飛
燕語陰槐綠樹萬蟬嘶

秋

紅飄亂葉樹連枝雨著疎花菊遶籬蓬轉恨多饒
白髮鴻歸數處寄新詩

冬

飛花雪片落梅殘與發歌樓酒量寬磯石釣魚觀

凍手衣蓑綠暎暮江寒

奉和司封使君春日之作律

伯原朱長文

佳景更同民共樂俊髦皆集盛飛觴花隨客醉還成句柳贈人行欲斷腸斜月上時霞散錦暖風來處寢凝香華年惜過須心賞富貴叢身逼鬢霜

春日湖上書事

虛齋桑正國

李昭亮供奉爲唱時龍太初秦少游以次和者已二十二人矣諸公末後方示以詩軸似欲見窘因用回文體作一篇答之正讀繼前韻倒讀

次後篇

巵傾好酒逢時盛早遇春融媚景天龜暖戲挨初
綠艸燕飛輕拂乍晴煙遲遲晝影花籠檻郁郁香
風蝶舞筵眉似柳開眸似水怡情自愛賞湖邊

會課乾明寺

悠悠意得自疎逼寂地因居樂性空幽思曉風清
迫枕靜聽寒雨細霑桐修莖竹韻澄簫玉綠影松
喬亂鬢蓬儔侶好邀同此適搜吟得到幾怱怱

夏日同少游諸友登樓卽事

情閒共悅良朋好溽暑消來過雨時萍水遠流青

點小柳堤橫暝翠絲垂輕煙晚透疎林逈嫩卉芳
迎皎日遲清思廓然欣賞地瞰觀遥閣静嘯詩

卽席次君禮年兄韻　太虛秦觀

大父與太虛先生同里閈且同科甲最相厚善
翰墨多失於兵燼不特此詩而已先公嘗記誦
云是時同集者數人惟太虛不數刻而就坐客
皆歎其敏君禮大父字也

情舒喜而山浮翠袖滿薰風凉透時萍碎錦鱗金
網舉影差簾燕玉鈎垂輕輕篆鼎凝香細款款方
壺轉漏遲清興此來同約久趣多深意古人詩

秋日收兵獻鍾侍郎　茹芝翁

疆兵義勇威嚴令化靖由來不戰征疆境復時歸馬健鼓鼙休處亂雲輕霜凝積恨懷邊戍月落衡寒夜上城黃葉樹頭風凜凜碧波江遠路平平

題龜山　周明老知微

潮隨暗浪雪山傾遠浦魚舟釣月明橋對寺門松徑小檻當泉眼石波清迢迢綠樹江天曉靄靄紅霞海日晴遙望四邊雲接水碧峰千點數鷗輕（一作帆）

宿龜山次韻　陳朝老

潮回浪濺細沙傾岸柳平波映眼明橋接短亭連

野逈艇橫長笛帶風清迢迢翠艸寒煙暝隱隱疎
林暮靄晴遙見叠峰清淺黛客心傷處碧雲輕

曉起　　北山程俱

霜林一望極空寒曉鼓催人覺梦殘黃霧帶時江
渺渺勁風翻影露溥溥香飄引篆新添火髮寄勝
簪慢整冠狂拙懶便惟少事興來閒借遠山看

冬夜　　李若璞

蒼蒼夜色雲天遠葉落風林噪亂鴉香篆熒煙濃
結穗暗牕寒雪密飄花琅琅翠竹幽音碎耿耿青
燈孤影斜忘累俗情添興雅晚眠獨啜滿甌茶

次韻吳叔廉山郵詩　　許存我

田遠青山好住家短籬疎圃接丘麻煙郵遠近栖

鴉亂竹岸高低飛鷺斜泉噴石間巖湧雪霧浮堤

外柳吹花連雲碧色秋光冷眠犢黃昏艸長芽

偶書　　隨齋

明中悟理造忱誠性覺通真見即行生不生來空

是境有無有處化爲城榮枯現梦因緣想色相求

心妄執情名與實亡都在道盲聾苦學漫營營

回文類聚卷第三

回文類聚卷第四

淮海桑世昌澤卿纂次

詩餘

諸家雜調

菩薩蠻

閨情二首　東坡蘇軾

落花閑院春衫薄薄衫春院閑花落遲日恨依依

依依恨日遲　梦回鶯舌弄弄舌鶯回梦郵便問
人羞羞人問便郵
火雲凝汗揮珠顆顆珠揮汗凝雲火瓊暖碧紗輕
輕紗碧暖瓊　暈腮嫌枕印印枕嫌腮暈寒照晚
妝殘殘妝晚照寒

咏梅

嶠南江淺紅梅小小梅紅淺江南嶠窺我向疎籬
籬疎向我窺　老人行即到到即行人老離別惜
殘枝枝殘惜別離

四時四首

春

翠環斜慢雲垂耳耳垂雲慢斜環翠春晚睡昏昏

昏昏睡晚春　細花棃雪墜墜雪棃花細顰淺念

誰人人誰念淺顰

夏

柳庭風靜人眠晝晝眠人靜風庭柳香汗薄衫涼

涼衫薄汗香　手紅冰盌藕藕盌冰紅手郎笑藕

絲長長絲藕笑郎

秋

井梧雙照新妝冷冷妝新照雙梧井羞對井花愁

愁花井對羞　影孤憐夜永永夜憐孤影樓上不
宜秋秋宜不上樓

冬

雪花飛暖融香頰頰香融暖飛花雪欺雪任單衣
衣單任雪欺　別時梅子結結子梅時別歸不恨
開遲遲開恨不歸

寄趙伯山四首　初寮

雨零花晝春杯舉舉杯春晝花零雨詩令酒行遲
遲行酒令詩　滿斟猶換醆醆換猶斟滿天轉月
光圓圓光月轉天

綠牋長寫新成曲曲成新寫長牋綠豪句逞才高
高才逞句豪　羙容歌皓齒齒皓歌容羙香篆小
花團團花小篆香
玉纖傳酒浮香菊菊香浮酒傳纖玉絃管沸歡筵
筵歡沸管絃　出簾珠袖簌簌袖珠簾出眉暈淺
山低低山淺暈眉
浦煙迷處回蓮步步蓮回處迷煙浦羅綺媚橫波
波橫媚綺羅　細眉雙拂翠翠拂雙眉細歌意任
情多多情任意歌

四時四首　伯山

春

錦如花色春殘飲飲殘春色花如錦樓上正人愁
愁人正上樓　晏天横陣雁雁陣横天晏思遠寄
情詞詞情寄遠思

夏

雨荷驚起雙飛鷺鷺飛雙起驚荷雨濃醉一軒風
風軒一醉濃　午陰清散暑暑散清陰午斜日轉
牕紗紗牕轉日斜

秋

斷鴻歸處飛雲亂亂雲飛處歸鴻斷風弄葉翻紅

紅翻葉弄風　柳殘凋院後後院凋殘柳樓外水
雲秋秋雲水外樓

冬

月天遙照寒牕雪雪牕寒照遙天月門掩欲黃昏
昏黃欲掩門　錦鴛雙竝枕枕竝雙鴛錦雲鬢整
纖瓊瓊纖整鬢雲

答伯山四時四首　鑑堂

春

落花䕺外風驚鵲鵲驚風外䕺花落鄉夢困時長
長時困夢鄉　暮天江口渡渡口江天暮林遠度

棲禽禽棲度遠林

夏

竹枝高暎荷池綠綠池荷暎高枝竹流水碧浮鷗

鷗浮碧水流　酒樽陪舊友友舊陪樽酒吟客坐

時斟斟時坐客吟

秋

砌風鳴葉繁霜墜墜霜繁葉鳴風砌山外水潺潺

潺潺水外山　冷衾愁夜永永夜愁衾冷砧響更

蛩吟吟蛩更響砧

冬

浦南回槳歸庭户户庭歸槳回南浦簾捲欲晴天
天晴欲捲簾　月光交映雪雪映交光月殘漏怯
宵寒寒宵怯漏殘

即席二首　龔次膺

捲簾風入雙雙燕燕雙雙入風簾捲明月曉啼鶯
鶯啼曉月明　斷腸空望遠遠望空腸斷樓上幾
多愁愁多幾上樓

遠山眉映横波臉臉波横映眉山遠雲髩插花新
新花插髩雲　斷魂離思遠遠思離魂斷門掩未
黄昏昏黄未掩門

江干　王公明

遠風江急潮來晚晚來潮急江風遠橫岸斷山青
青山斷岸橫　寄書無雁繫繫雁無書寄歸梦只
江西西江只梦歸

四時四首　靜修劉燾

春

小紅桃臉花中笑笑中花臉桃紅小垂柳拂簾低
低簾拂柳垂　裊花風鬢繞繞鬢風花裊歸路月
沉西西沉月路歸

夏

簟紋雙暎氷肌艷艷肌氷暎雙紋簟窗外竹生風

風生竹外窗　點紅潮醉臉臉醉潮紅點廊上月

昏黃黃昏月上廊

秋

露盤金冷初闌暑暑闌初冷金盤露風細引鳴蛩

蛩鳴引細風　雨零愁遠路路遠愁零雨空醉一

尊同同尊一醉空

冬

屑瓊霏玉堆簷雪雪簷堆玉霏瓊屑山遠對眉攢

攢眉對遠山　拆梅寒暎月月暎寒梅拆欄倚暫

愁寬寬愁暫倚欄

又四首

春

濕花春雨如珠泣泣珠如雨春花濕枕並欹斜
斜欹並枕花　織文回字密密字回文織嗟更數
年華華年數更嗟

夏

潤肌饒汗香紅沁沁紅香汗饒肌潤低檻小山圍
圍山小檻低　枕橫釵墜鬢鬢墜釵橫枕歸夢與
郎期期郎與夢歸

秋

綠窗斜動搖風竹竹風搖動斜窗綠虛幌夕涼初

初涼夕幌虛　曲眉愁翠蹙蹙翠愁眉曲無鴈寄

書來來書寄鴈無

冬

雪窗寒聽孤燈滅滅燈孤聽寒窗雪殘漏惜衾閑

閑衾惜漏殘　說時常恨別別恨常時說還不奈

宵寒寒宵奈不還

寓意四首　張安國

晚花殘雨風簾捲捲簾風雨殘花晚雙燕語虛窗

窗虛語燕雙　睡醒風愜意意愜風醒睡誰與語
情詩詩情語與誰
白頭人笑花間客客間花笑人頭白年去似流川
川流似去年　老羞何事好好事何羞老紅袖舞
香風風香舞袖紅
落霞殘照橫西閣閣西橫照殘霞落波淺戲魚多
多魚戲淺波　手攜行客酒酒客行攜手腸斷九
歌長長歌九斷腸
渚蓮紅亂風翻雨雨翻風亂紅蓮渚深處宿幽禽
禽幽宿處深　淡妝新水檻檻水新妝淡明月似

人情情人似月明

次圭甫韻　　晦菴朱熹

暮江寒碧縈長路路長縈碧寒江暮花塢夕陽斜
斜陽夕塢花　客愁無勝集集勝無愁客醒似醉
多情情多醉似醒

呈秀野

晚紅飛盡春寒淺淺寒春盡飛紅晚尊酒綠陰繁
繁陰綠酒尊　老仙詩句好好句詩仙老長恨送
年芳芳年送恨長

春閨　　梅牕

碧牕紗透春寒極極寒春透紗牕碧誰送縷金衣
衣金縷送誰　玉肌生嫩粟粟嫩生肌玉溫處坐
香茵茵香坐處溫

咏梅

折來初步東溪月月溪東步初來折香處是瑤芳
芳瑤是處香　蘚花浮暈淺淺暈浮花蘚淸對一
枝瓶瓶枝一對淸

題錦機小軸

淺紅綃透春裁剪剪裁春透綃紅淺機錦織情絲
絲情織錦機　意深憑遠寄寄遠憑深意波渺勝

愁多多愁勝渺波

春晚二首　　又

點點花飛春恨淺淺恨春飛花點點鶯語似多情

情多似語鶯　戀春增酒勸勸酒增春戀顰損翠

蛾新新蛾翠損顰

曲屏春展山浮玉玉浮山展春屏曲香鴨瑞雲翔

翔雲瑞鴨香　醉深留客意意客留深醉涼枕怯

宵長長宵怯枕涼

端午　　又

玉釵鬆髩凝雲綠綠雲凝髩鬆釵玉雙翠凝枝長

長枝礙翠雙　色緑添意密密意添緑色紅暎袖

紗籠籠紗袖暎紅

戯成六首　王文甫

玉肌香襯冰緑縠縠緑冰襯香肌玉纖指拂眉尖

尖眉拂指纖　巧裁羅襪小小襪羅裁巧移歩看

塵飛飛塵看歩移

吼雷催雨飛沙走走沙飛雨催雷吼波漲瀉傾河

河傾瀉漲波　幌紗凉氣爽爽氣凉紗幌幽夢覺

仙遊遊仙覺夢幽

獸噴香縷飛長晝晝長飛縷香噴獸迎日喜葵傾

傾葵喜日迎　卷簾雙舞燕燕舞雙簾卷清簟枕
釵橫橫釵枕簟清
遠香風遞蓮湖滿滿湖蓮遞風香遠光鑑試新妝
妝新試鑑光　棹穿花處好好處花穿棹明月詠
歌清清歌詠月明
酒中愁說人留久久留人說愁中酒歸夢要遲遲
遲遲要夢歸　舊衣香染袖袖染香衣舊封短託
飛鴻鴻飛託短封
老人愁歎驚年早早年驚歎愁人老霜點鬢蒼蒼
蒼蒼鬢點霜　酒杯停欲久久欲停杯酒盃酒喚

肴開開肴喚酒盃

初夏　又

暑煩人困初時午午時初困人煩暑新詩得酒因

因酒得詩新　縷金歌肴舉舉肴歌金縷人妒月

圓頻頻圓月妒人

西江月

詠梅　東坡

馬趂香微路遠沙籠月淡煙斜渡波清徹暎妍華

倒綠枝寒鳳挂　挂鳳寒枝綠倒華妍暎徹清波

渡斜煙淡月籠沙遠路微香趂馬

泛湖　梅窗

過雨輕風弄柳湖東暎日春煙晴蕪平水遠連天
隱隱飛翻舞燕　燕舞翻飛隱隱天連遠水平蕪
晴煙春日暎東湖柳弄風輕雨過

用惠洪韻　山谷黃庭堅

細細風清撼竹遲遲日暖開花香幃深卧醉人家
媚語嬌聲婭姹　姹婭聲嬌語媚家人醉卧深幃
香花開暖日遲遲竹撼清風細細

瑞鷓鴣

席上　郭從範

傾城一笑得人留舞罷嬌娥斂黛愁明月寶韝金絡臂翠環花珥碧搔頭　晴雲片雪腰肢嫋晚吹微波眼色秋清露庭皋芳草綠輕綃軟挂玉簾鉤

阮郎歸

元夕　梅窗

皇州新景媚晴春春晴媚景新萬家明月醉風清清風醉月明　人遊樂樂遊人遊人樂太平御樓神聖喜都民民都喜聖神

虞美人

寄情　王文甫

黄金柳嫩摇丝软永日堂堂掩捲簾飛燕未歸來

客去醉眠欹枕殢殘杯　眉山淺拂青螺黛整整

垂雙帶水沉香熨窄衫輕瑩玉碧溪春溜眼波橫

回文類聚卷第四

織錦回文圖序

書以紀事圖以存形左傳云夏之方有德也遠方圖物貢金九牧鑄鼎象物百物而爲之備是卽存形之一證故古人有書卽有圖史記沛公至咸陽蕭何先入收秦律令圖書具知天下阸塞戶口多少强弱處由此觀之二者不可偏廢後世備書而略於圖遂使古物形式茲然稽考鮮據豈古人之意哉晉竇滔妻蘇蕙織錦回文空前絕後歷世名流文詞以咏之繪畫以形之詞則淮海桑氏編之卷帙矣畫圖可獨廢乎南陵射堂先生金古良詞

伯而擅繪事者也著無雙譜中列蘇氏之像最精
晋室裳衣更有攷據逈出尋常乃傳世之筆似不
可以輕置又李唐以來因織錦故事而追寫其端
委者頗多桑氏載有治平中沈少常得唐文宣所
製畫筆絕精之語而未言及情景李伯時用色分
章跋內云屯田陳侯所觀唐眞本圖凡六幅自若
蘭著思練絲織錦遣使及車馬相迎合樂對飲賓
滔列騎擁旌旄盛禮迎蘇之語言雖共見而畫無
傳嗚呼前人慘淡經營之筆落於庸碌之手視非
阿堵中物之可愛而一任淪沒者不知凡幾豈不

可慨乎今余留心訪求得寶蘇畫冊八幅猶是周吉賢臨李湊之筆格稿與伯時所云大同而略異詳其意指俱以武后敘文之記述規畫而成情景宛然非凡庸筆墨所能及因摹縮本與射堂寫像次於五彩璿璣之後共爲一卷寄之棗梨公諸同志非徒飾簡帙之美觀聊以存古意於後世而不致湮沒云爾玉山仙史朱爲賢題

玉山仙史摹集

璿璣圖施彩說

書曰璿璣玉衡以齊七政璿璣所以占天象者也取意作圖文效列宿之旋轉色施五彩形如星象之分垣雖依色別之可以分究不如勾畫統一之爲自然也今試觀衆星麗天垣象悉分豈可以一垣另爲一天乎往時曾有析作數圖者葢緣俗刻潦草位置糢糊卷中混混閱者難於辨讀故爲設法使人易曉之意今若清經緯

分內外而施以五彩如視之掌強分散列更可不必又考此圖各書所載皆方尋覽黃庭經云璿璣懸珠環無端是非方也卽六經圖所繪亦圓而蘇氏之錦何獨方形嗣見博古家藏有趙松雪夫人管仲姬眞跡璿璣圖一卷體圓而每層四面相向小楷極精自有所本應從其式但讀至內外四角須自橫復繞直上而成句非如方圖左右聯絡之自然是以聊且從衆惟左右二處倘如凡刻書寫必自上直下未免讀時有倒行之弊不若仿圓圖之例四面相向爲得當

耳至於用色分章亦有異同而古人所定必非無意今爲考訂各照施彩彼此並存俾當世得覩錦文之大槪不致始終朦朧於楮墨間也或曰簡編之內紅紫雜陳不有反於雅素乎余曰錦之爲物全在五色文章蘇氏旣以織錦而傳是彩色之施乃其本來面目豈若無所取義漫然雜陳紅紫於簡編之內者乎或者默然余仍付畫工爲之鮮明設色祇期有當於作者之用心雅乎俗乎未之計也玉山仙史識

璿璣圖

仁智懷德聖虞唐貞妙顯華重榮章臣賢惟聖配英皇倫匹離飄浮江湘津

傷嗟情家明葩榮志庭鬬亂作人讒佞奸凶害我忠貞桑凶慈雍思恭基河

𢡟歎中無鏡紛爲篤明難受虐原禍因所恃恣極驕盈愉頑孝和淑自爲隔

懷懷傷君朗光誰終榮苟不義姬班女婕妤辭輦漢城薄浸休家貞記孝塞

慕所路房容珠感誓城傾在戒后孽嬖趙氏飛燕寔生景讒退遠敦貞敬殊

增離曠幃飾曜思穹熒猶炎盛興漸至大伐用昭丹青昭愚謙危節所是山

憂經遐清華英多蒼形未在愼深慮微察遠禍在防萌西滋蒙疑容持從槃

心荒淫忘想感所欽岑幽巖峻嵯峨深淵重涯經網維林光流電逝推生民

堂妃闈飛衣誰追何思情時形寒歲識凋松怨居歎如陽移陂施爲祇差士

空后中奮衰爲相如感傷在勞貞物知終始咎獨懷何潛西不何誰神無感

惟自節能我容聲將自孜君想顏衰改華容是爲女賤曜日月激與通者曠

思輿厲不歌冶同情寧孜側夢仁賢別行士念誰賤鄙翳白無憤將上釆悲

咏風樊歎發觀羽纓龍旂容衣詩情明顯怨哀情時傾英殊哀殊身飾菲路

和周楚長雙華宮憂虎彫飾繡始璇璣圖義年勞歎奇華年有志飭忘斯長

音南鄭歌商流徵殷繁華觀曜終始心詩興感遠殊浮沉時盛意麗哀滑[illegible]

藏召衛咏齊曜清多文曜壯顏無平蘇氏理往憂歲異浮惟必心華惟下微
摧伯女志典榮商患藻縈麗充端此作麗辭日思衆世異逝倏達榮感體惆
悲窈河遐碩翠感生嬰漫丁究詩風興鹿鳴懷悲哀誰遊倏無一俯憂作已
聲窕廣路人桀我艱是漫是何桑翳感孟宣傷感情者頹然盈體仰情者處
發淑思逶其威情惟憂何艱生時盛昭業傾思永戚我流若不忠容何成憂
曲姿歸迤頎蕤悲苦懷思苦我章徵根徵玄悼歎戚知沙馳虧離儀貴辭房
秦王懷土思舊鄉身加兼愁悴少精神遐幽曠遠離鳳麟龍昭德懷聖皇人
商遊桑鳩揚仇傷榮身我乎集殃愆辜我因備嘗苦辛當神飛文遺分驕賤
絃西翳雙激好摧君深日潤浸愆思罪積怨其根難尋所明輕殊孤乖雁爲
激階陰巢水悲容仁均物品育施生天地德貴乎均勻專通身粲妾殊翔女
楚步林燕清思發離濱漢之步飄飄離徽隔喬木誰陰一感寄飾散聲應有
流東桃飛泉君歎殊心改者惑暱親間遠離殊我同衾志精浮光離哀傷柔
清廊休翔流長愁方禽伯在誠故遺舊廢故君子惟新貞微雲輝群悲春剛
琴芳蘭凋茂熙陽春牆面殊意惑故新霜冰齊潔志精純望誰思想懷所親

右李伯時本設色

璿璣圖

音	和	詠	思	惟	空	堂	心	憂	增	慕	懷	慘	傷	仁
南	周	風	興	自	后	妃	荒	經	離	所	懷	歎	嗟	智
鄭	楚	樊	厲	節	中	闈	淫	遐	曠	路	傷	中	情	懷
歌	長	歎	不	能	奮	飛	妄	清	幃	房	君	無	家	德
商	雙	發	歌	我	袞	衣	想	華	飾	容	朗	鏡	明	聖
流	華	觀	冶	容	為	誰	感	英	曜	珠	光	紛	葩	虞
徵	宮	羽	同	聲	相	追	所	多	思	感	誰	為	榮	唐
殷	憂	纏	情	將	如	何	欽	蒼	穹	誓	終	篤	志	貞
繁	虎	龍	寧	自	感	思	岑	形	熒	城	榮	明	庭	妙
華	彫	旂	孜	孜	傷	情	幽	未	猶	傾	苟	難	闈	顯
觀	飾	容	側	君	在	時	巖	在	炎	在	不	受	亂	華
曜	繡	衣	夢	想	勞	形	峻	慎	盛	戒	義	消	作	重
終	始	詩	仁	顏	貞	寒	嵯	深	興	后	姬	原	人	榮
始	紛	情	賢	喪	物	歲	峨	慮	漸	孽	班	禍	讒	章
心	璣	明	別	改	知	識	深	微	至	嬖	女	因	佞	臣
詩	圖	顯	行	華	終	凋	淵	察	大	趙	婕	所	奸	賢
[illegible]	璣	[illegible]	士	容	始	松	重	遠	伐	氏	好	恃	凶	惟
[illegible]	辛	[illegible]	詞	是	[illegible]	[illegible]	涯	禍	用	飛	辭	恣	害	聖
陰	滋	[illegible]	[illegible]	愛	獨	居	經	在	昭	燕	[illegible]	極	我	配
殊	[illegible]	時	[illegible]	太	參	歎	網	防	[illegible]	漢	驕	[illegible]	忠	英
[illegible]	[illegible]	[illegible]	[illegible]	[illegible]	[illegible]	[illegible]	羅	明	青	生	城	盈	貞	皇
[illegible]	[illegible]	[illegible]	[illegible]	[illegible]	[illegible]	[illegible]	[illegible]	[illegible]	昭	[illegible]	[illegible]	[illegible]	[illegible]	倫
[illegible]	[illegible]	[illegible]	[illegible]	[illegible]	[illegible]	[illegible]	[illegible]	[illegible]	[illegible]	[illegible]	[illegible]	[illegible]	凶	匹
[illegible]	[illegible]	[illegible]	[illegible]	且	不	[illegible]	流	[illegible]	[illegible]	[illegible]	休	孝	慈	離
[illegible]	[illegible]	[illegible]	[illegible]	[illegible]	何	[illegible]	[illegible]	[illegible]	[illegible]	[illegible]	家	和	雅	飄
[illegible]	[illegible]	身	[illegible]	[illegible]	誰	[illegible]	[illegible]	[illegible]	[illegible]	[illegible]	[illegible]	[illegible]	[illegible]	浮
[illegible]	[illegible]	[illegible]	上	[illegible]	神	[illegible]	[illegible]	[illegible]	[illegible]	[illegible]	[illegible]	[illegible]	[illegible]	江
[illegible]	[illegible]	非	永	[illegible]	無	差	生	[illegible]	[illegible]	[illegible]	[illegible]	[illegible]	[illegible]	湘
[illegible]	[illegible]	[illegible]	悲	[illegible]	[illegible]	十	尺	[illegible]	[illegible]	山	[illegible]	[illegible]	[illegible]	琴

琴清流楚激紘商秦曲發聲悲摧藏
芳蒼東步階西遊王姿淑窕窈伯召
蘭休桃林陰翳桑懷歸思廣河女衛
周翔飛燕巢雙鳩土迤逶路遐志詠
茂流泉清水激揚思頎其人碩興齊
熙長君思悲好仇舊蕤葳粲翠榮曜
陽愁歎發容摧傷鄉悲情我感商清
春方殊離仁君榮身苦惟艱生患多
牆禽心濱均深身加懷憂是嬰藻文
面伯改漢物日我兼思何漫漫榮曜
殊在者之品潤乎愁苦艱冤丁麗壯
意誠惑步育浸集悴我生何冤充顏
感故暱飄施愆殃少章時桑詩參無
故遺親飄生思愆精微盛翳風比文
新舊聞離天罪辜神悵昭感興作蘇
霜廢遠微地積我遐微業孟鹿麗氏
冰故離隔德怨因幽之傾宣鳴發詩
齊君殊喬貴其備曠悼思傷懷曰往
潔子我木平根嘗遠嘆永感[illegible]思[illegible]
志惟同誰均難苦離戚戚[illegible]
清新衾陰勻尋辛鳳[illegible]
純貞志一專所當[illegible]
望微精感通明[illegible]
誰雲浮寄身[illegible]
思輝光飾[illegible]
想群離[illegible]
懷悲[illegible]
所[illegible]
親[illegible]

右至道宮中本設色

讀例說

璿璣圖計八百四十一字武后敘曰縱廣八寸題詩二百餘首山谷黃庭堅詩云千詩織就回文錦詩數不同也類聚首列讀例分別七五四三等言而無詩章總數李公麟所記不過指明經緯外內及四角四旁用色分章但註橫直彩色俱不言若干首惟宋至道間大內流傳五色讀法乃云共詩三千七百五十二首數始明著

後世以爲起宗道人分圖讀至三千餘者是未見古書者也大凡璿璣之妙全在宛轉循環或添字或退字或借字或反覆或退句或互讀無所不通非如尋常篇什止於上下連屬是以古人誦讀亦無一定今考諸家讀法至五色一本可爲淋漓盡致矣前引各條桑氏悉已備錄勝國刻本所載係襲前人之舊非有別具識見無庸多贅

蘅若蘭

五彩相宣廣八寸織得廻文寄妾恨文
中脈織君心回襄江愁殺趙陽臺

璇璣圖　躭堂

天謫天孫墮塵地武功毓秀稱蘭蕙窈
窕原非妖媚儔狂夫那識仙姿慧攜去
陽臺棄勿論彩絲織得錦文新懸珠旋
轉時無定笑看凡花獨有春

蘇若蘭　玉山仙史

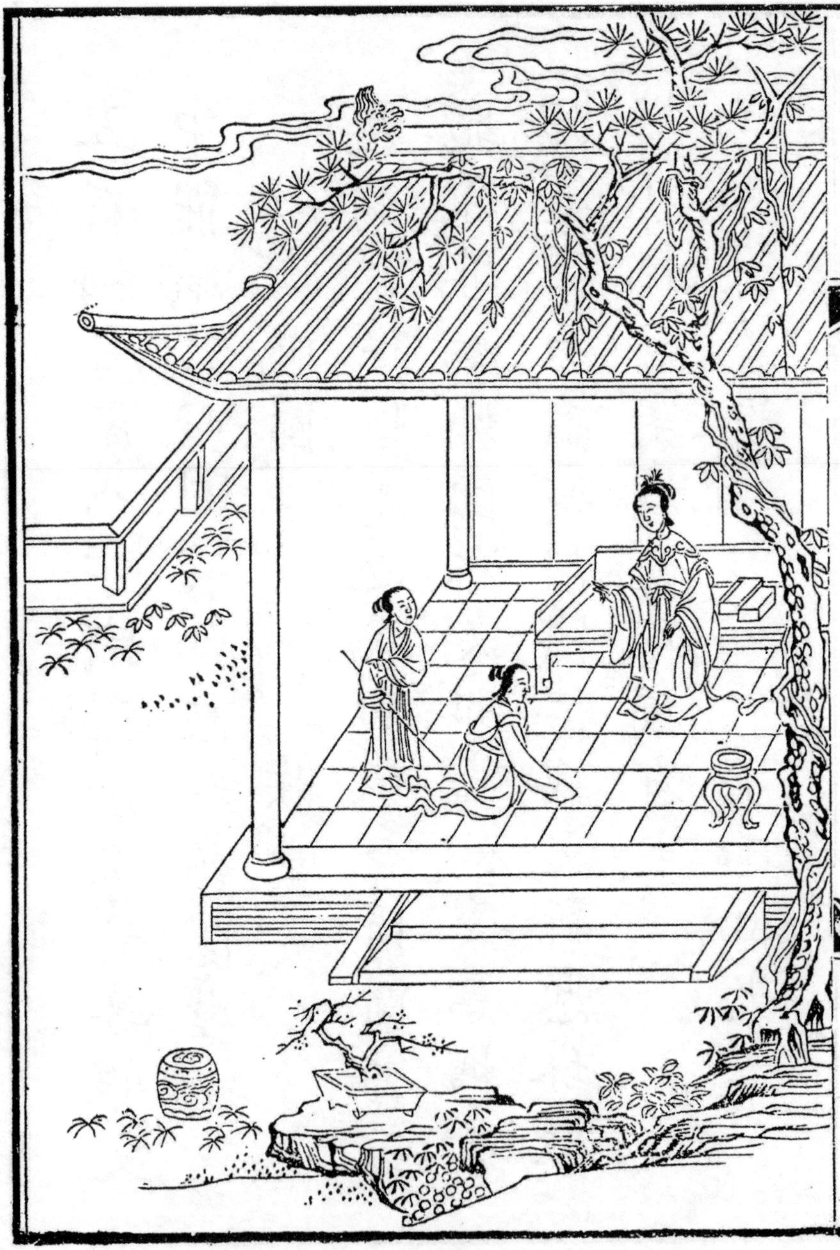

居尊抱寵

涼怨南國始皇

房幾寒齊眉娃

字書何事紙姬

令淑慎惟將歌

舞綃儷與

西山仙史

織錦回文圖　七

懷恨毀讒

花咲鶯啼春暮深
雨風狂驟忽相侵
衷懷每向東君愬
珠淚闌干落繡襟

玉山仙史

帥

攜姬之任

啣命東行鎮守時軍
威恭〻動旌旂後房
猶恐夫人妬獨駕魚
軒挈愛姬

玉山仙史

空閣回思

凄風蕭瑟畫樓前綉

被新愁夜獨眠憶得

春明花放日肯教凡

卉逞芳妍

玉山仙史

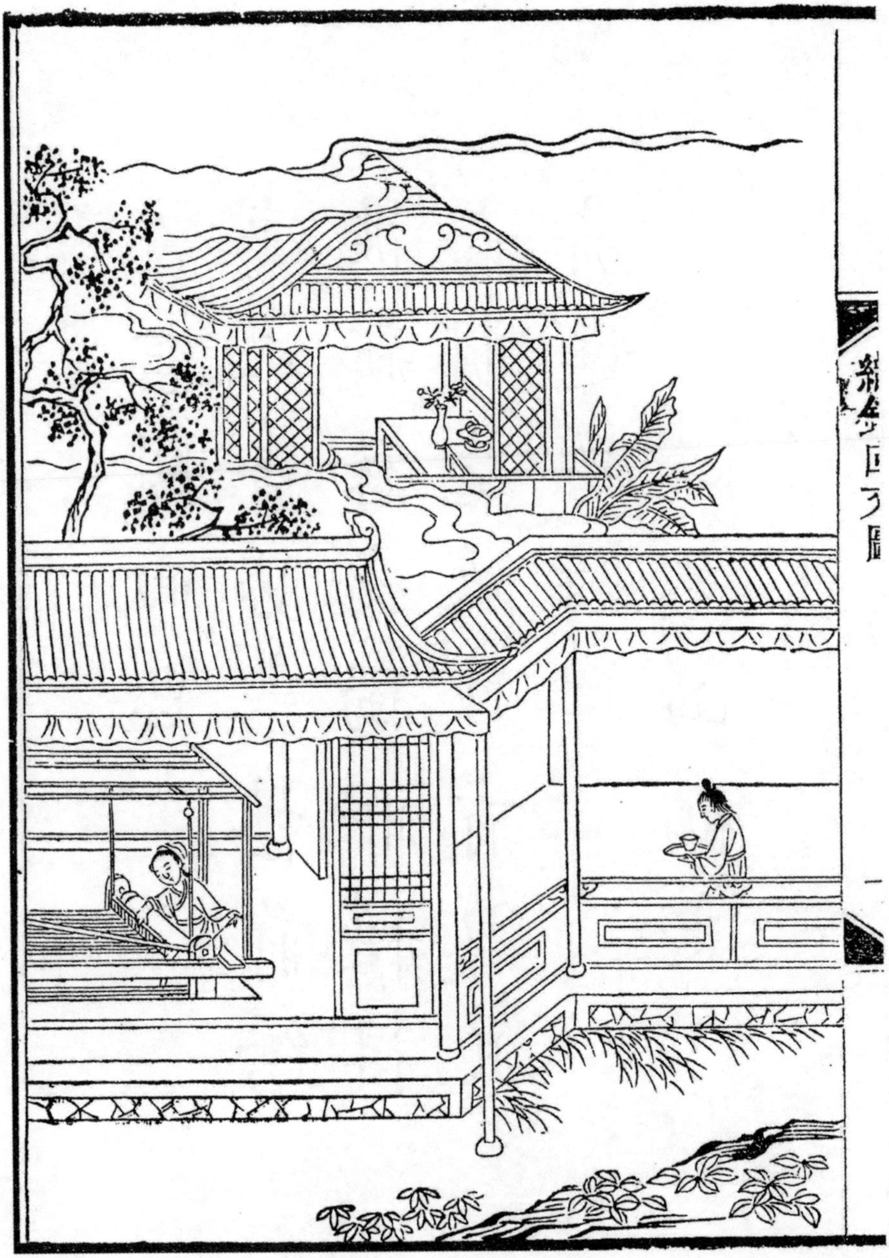

梅史織錦

秦楚詔之形繡

深含愁繹纖雲

長吟高成八之

文鮮麗句轉回

環寄意飛

秀山仙史

使送新詩

五彩相宣訕息新尋

常篇什豈同倫緘封

聊遣南飛雁爲郵囊

江久別人　玉竺僊史

織錦回文圖 三

戲才遺豪

畫閣朱樓盡色微書

年嫉妬棄孤帰今秀

錄字似才少呂遠歌

排不許歸

玉山仙史

盛禮邀迎

鈿車百兩逐塵來重

迓夫人爲愛才護攤

三軍齊甲胄襄南繡

幄特新開

玉山仙史

織錦回文傳敘互異說

蘇氏織錦爲千古韻事而所作之由傳敘不同晉書列女傳云竇滔妻蘇氏始平人也名蕙字若蘭善屬文滔苻堅時爲秦州刺史被徙流沙蘇氏思之織錦爲迴文旋圖詩以贈滔宛轉循環以讀之詞甚悽惋凡八百四十字文多不錄此乃史冊之全傳也而則天武后璿璣圖敘略云扶風竇滔妻蘇氏陳留令武功蘇道質女滔右將軍于眞之孫苻堅委以心膂之任遷秦州刺史以忤旨謫戍燉煌會堅克晉襄陽拜安南

將軍留鎮襄陽初滔有寵姬趙陽臺蘇氏苦加箠辱滔深以爲憾將鎮襄攜陽臺之任絕蘇音問蘇悔恨因織錦爲回文五綵相宣廣八寸計八百餘言縱橫反覆皆爲文章讀者不能悉通蘇曰徘徊宛轉自爲語言非我家人莫之能解遂發蒼頭齎至襄陽滔覽之感其妙絕因送陽臺之關中盛禮迎蘇恩好愈重等語全文錄載類聚卷首是滔於苻堅時爲秦州刺史則同而所著回文之由則異也然古今以來凡言織錦故事者詩文圖畫無不從武后之敘述蓋唐初

去晉未遠蘇氏織錦至今尚爲美談彼時相傳必更有確據倘無趙陽臺之事竇蘇二家俱在關中其後世豈肯聽人附會且繹其詩意如六言有云讒人作亂閨庭奸凶害我忠貞禍原膚受難明所恃恣極驕盈明爲姬妾讒譖而作璿璣一圖具在可讀而知也又云周風興自后妃楚樊厲節中闈長歎不能奮飛雙發歌我袞衣華觀冶容爲誰宮羽同聲相追亦非爲滔被徙之託辭大都史筆簡淨不涉瑣屑書此以存始作回文之名氏而已即如滔於苻堅時爲秦

州刺史記載內亦不書及槪可知矣聊述傳敘
詳簡互異大略以俟博雅辯正之玉山仙史

織錦回文圖

回文續編序

回文類聚乃宋淮海桑氏纂次統計四卷始自漢晉迄於唐宋至明神宗時觀察張之象爲之增訂世未稱善今桑氏原本業仍舊式重鋟而前增諸作雖寥寥無幾亦有可取不忍遽置尋子胡慧[竹欽]篋中藏有抄本回文圖二帙素未經見者頗多名氏鮮存似係勝國名流著作尋又留心訪求雅而合體者錄之俗而尋常者置之共得圖八十九幅詩二百三十二首詩餘二十二闋賦一篇集爲續編并以五絲璿璣及織錦故事畫圖另爲一卷

冠於編首不特是體篇章得偹而舊編新續亦不
致混淆矣玉山仙史朱爲賢識於玉山廨舍之宛
在亭

回文類聚卷第一 續編

江南朱爲賢集

圖

諸家雜著

規式回文

玉連環

轉尾連環

轉尾減字連環

脫卸連環

規式回文　　陸景升

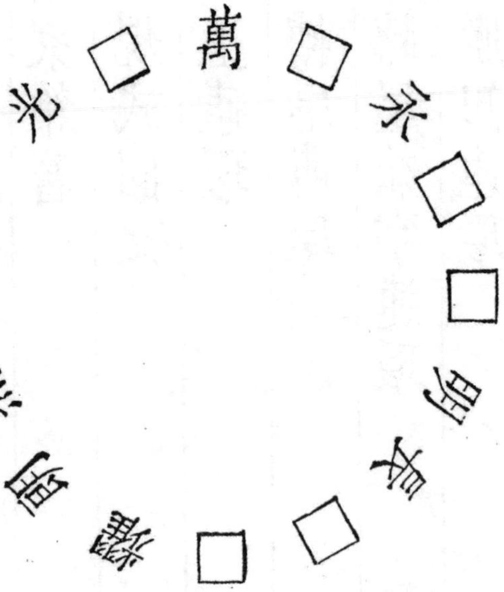

右鏡銘　四言三十二首

讀法　縱橫左右讀之皆可成文

玉連環　　唐寅

先　髮　微　名　交　理　存　畫

右墨銘四言

讀法或左或右不拘何方讀起無不成文叶韻

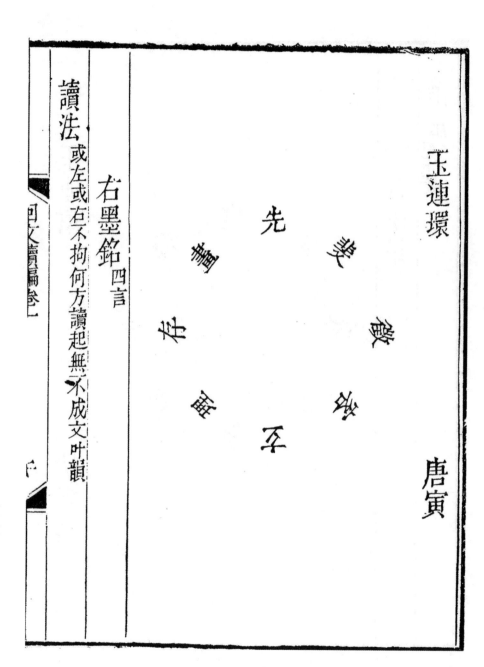

王連環　　　　怡軒公

宜貞永寶傳后延華

右印銘

讀法見墨銘

玉連環　　失名

陰濃色翠靄[illegible]巔淺

右松

讀法同前

玉連環

節直賞淨葉驗枝高

右竹

讀法同前

轉尾連環　　失名

春晴啼鶯噪涓葉柳嬌新花戀蝶去來頻

右春詞七言四句順回讀二首

讀法從上春晴起左旋次句即從前句第四字起至末句回讀如順讀法至初起第一字北後倣此

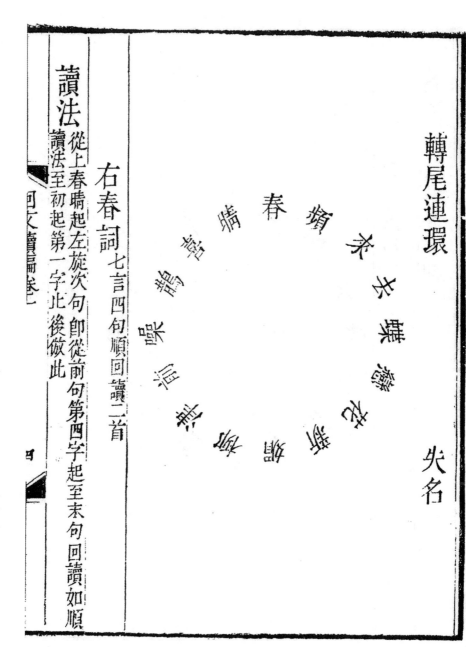

轉尾連環

天長樓水映平川灣碧瀲芳蘚含草芊芊

右夏詞

讀法從天長起餘同前

轉尾連環

天高月彩散輕煙竹翠連空苑靜菊新鮮

右秋詞

讀法從天高起餘同前

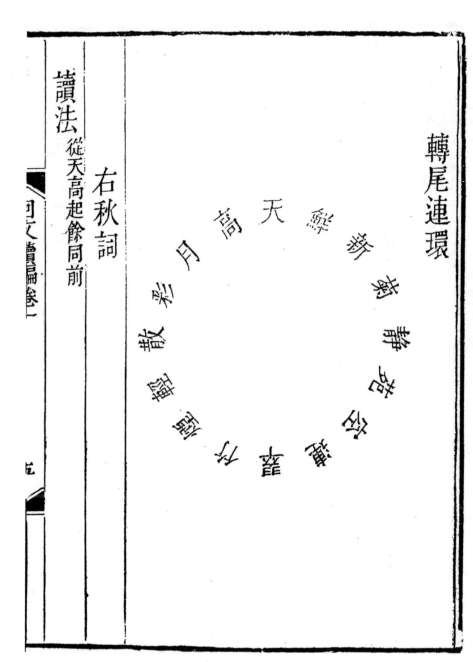

轉尾連環

茫茫白雪舞回風飄玉英露花淨淡梅香

右冬詞

讀法從茫茫起餘同前

轉尾減字連環　失名

花枝弄影章窗紗映日斜

右春詞七言順回讀四句

讀法從上中花枝起左旋次句即從前句第四字起第三句又從第二句末字右旋讀亦如左旋法後倣此

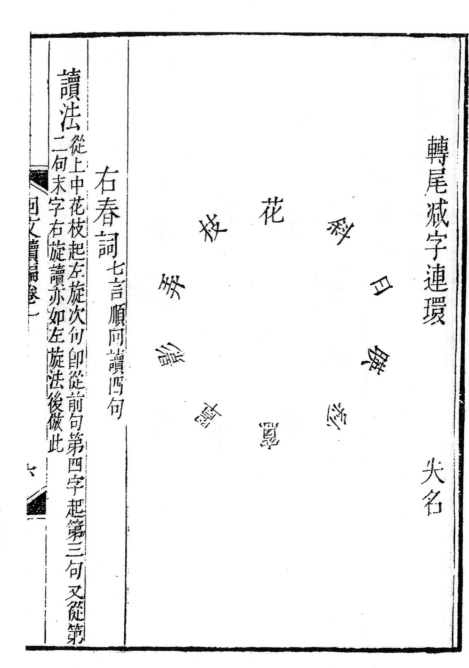

轉尾減字連環

蓮圓點數疊青盤水長新

右夏詞

讀法從蓮新起餘同前

轉尾減字連環

浮雲白遍鳥草蕭今色秋

右秋詞

讀法 從浮雲起餘同前

轉尾減字連環

梅　發　信　春　開　花　謝　雪　殘　枝

右冬詞

讀法從梅枝起餘同前

轉尾減字連環　失名

鶯啼繞樹鮮春晴簾日明

右春詞

讀法　從鶯啼起餘同前

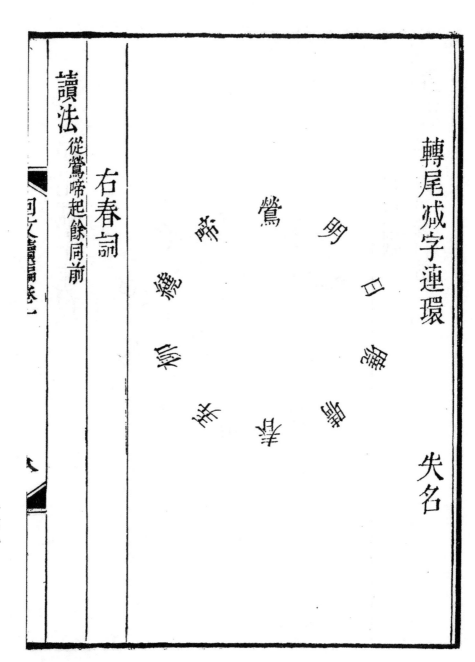

轉尾減字連環

香蓮碧水動風涼夏日長

右夏詞

讀法從香蓮起餘同前

轉尾減字連環

秋　流　水　繞　淺　沙　宿　雁　楚　江

右秋詞

讀法從秋江起餘同前

轉尾減字連環

紅爐熾炭向寒冷過雪風

右冬詞

讀法 從紅爐起餘同前

轉尾减字連環　　失名

名園雨過鳥啼聲春日晴

右春詞

讀法從名園起餘同前

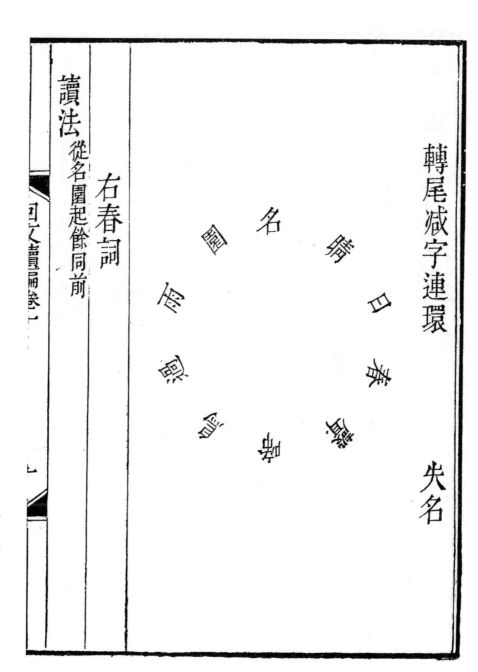

轉尾減字連環

長亭小岸面風涼荷噴香

右夏詞

讀法從長亭起餘同前

轉尾減字連環

秋鷗白起落西雪水曲江

右秋詞

讀法從秋江起餘同前

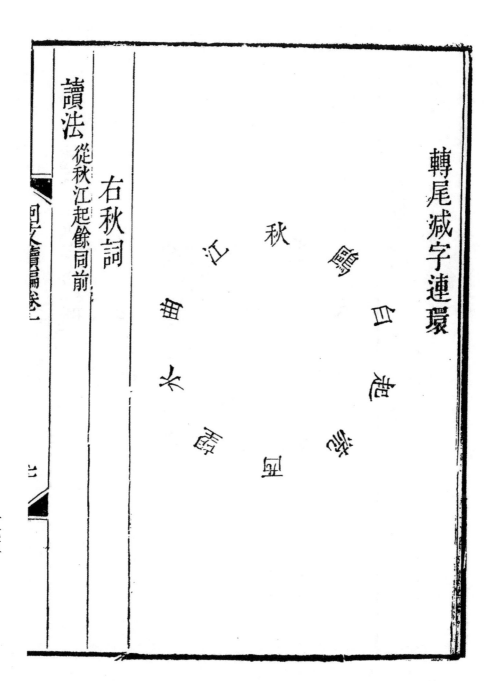

轉尾減字連環

右冬詞

讀法從冬寒起餘同前

脫卸連環

失名

采蓮人在綠楊津一闋新歌聲漱玉

右采蓮詞七言四句

讀法從上采蓮左旋第二句從前句第四字讀起第三句又從前句第三字起第四句與第二句同采蓮人止

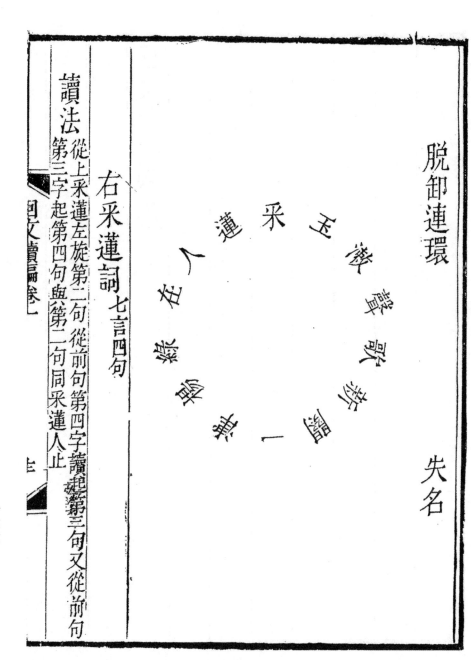

回文類聚卷第一

回文類聚卷第二 續編

江南朱象賢集

圖

諸家雜著

矩式回文　錦纏枝四

三言回文　花罇

靈檀几　橫縱其畝

藏頭折字詩六　相思璧

連環叠字詩

矩式回文　　失名

翠	煙	湖	上	亭
苔				幽
繡				在
石				隱
汀	鷗	自	解	意

右幽居吟　五言四句順回讀八首

讀法　自四角起每次句即用上句末字爲首四角讀四首回讀亦四首也

錦纏枝

失名

暖	上	東	林	暎	嶂	巒
回	生	香	細	點	紅	近
春	草	夢	魂	鶯	桃	翠
霽	碧	覺	殘	徹	對	徼
晚	凝	因	聲	漏	笑	幽
收	寒	題	醉	後	歡	趣
兎	花	露	潤	常	時	適

右春詞和南山韻七言八句順回讀共二首

讀法自東北借寒字從左向上右轉如寒收晚霽春回暖環轉入中心殘字止每句藏頭借上句末字作次句起字回讀亦然

錦纏枝

近	出	飛	泉	落	頂	巒
山	當	陰	翠	擁	林	挂
氷	退	日	浮	香	前	倒
洞	暑	永	殘	盡	座	松
雪	交	供	盃	茗	客	遮
生	寒	碁	着	處	歡	古
冗	風	惹	徑	幽	穿	檜

右夏詞和南山韻

讀法同前

錦纏枝

巒對逕籬東值菊
翠來回報信歡松
積雁慵看簡盛皆
黃遠時殘篇欲茂
微風起睡酣歌傲
葉高露洒空寒霜
亂棲驚噪晚鴉冗

右秋詞和南山韵

讀法同前

錦纏枝

雪	瑞	爲	銀	白	裏	巒
飄	當	牕	北	院	圍	起
天	面	飲	餘	皆	爐	黑
冽	刮	暢	殘	醉	暖	雲
苦	風	還	闌	興	坐	迷
威	寒	吟	更	笑	歡	嶺
兕	枝	一	放	梅	香	暗

右冬詞和南山韵

讀法同前

三言回文　失名

體龍鱗勢聳風沸雷鬱氣蹇偃

右古松三言四句順回讀二首

讀法上正中體字左轉至龍字止回讀龍字右轉至體字止

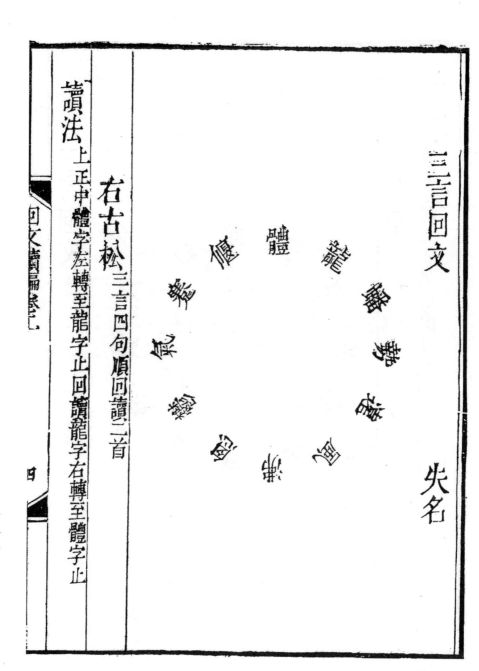

三言回文

節佳賞綻秋中色三兼黃白紅

右桂

讀法節字左轉至紅字止餘同前

花罇　　失名

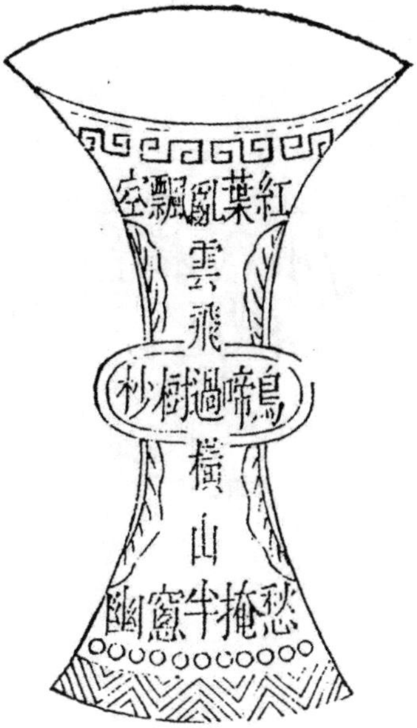

右秋閨詞　菩薩蠻順回讀一調

讀法　縱横讀先中直七字次上横再次中下横各五字順讀半調回讀即全調亂過半三字直横俱用

靈檀几　　失名

老梅殘影橫窗小
梅作雪花飛
香浮夜
窗明月暎光

右寒梅　菩薩蠻順回讀一調

讀法先從上橫七字起次右直再次下橫再次左直順讀半調回讀即全調梅窗雪月四字橫直俱用

橫縱其畝

失名

明初
沉月
西去
聞內
外耳
淸聲
出石山
澗水枯
林成木
枝葉盛
想遙心
知友違
鳴亂口
樂芳菲
暮易春遊
負日人日
良辰同伴

右春遊七言八句一首

讀法自右上角起縱橫俱左行轉下由右逆上合第一字毎方一句藏頭拆讀如明字拆日字起作日沉西去月初明是也

藏頭拆字詩　失名

何惜春光醉綺羅人能唱客能歌觀芍藥欄前景蘿蒲荼亩田竹田絲蕭燕紫鶯翡金索鎖鸚哥邀漫看浮雲碧鬢春愁奈老

右偶成賜太監王瑾七律

讀法　自右中吟字拆開起左旋以令朝避暑列瓊林爲句其下每句首字倣此拆讀至吟字止與後五圖同

藏頭拆字詩　　失名

何惜春光醉綺羅人能唱客能歌觀芳藥欄前景蓬蒲桃酒日多日綉簾飛紫鷰籠金索鎖鸚哥邀遊漫看浮雲碧若髮春愁奈老

右春日感懷七言八句

讀法　自上正中字右旋每句拆第一字之半如何字拆爲可惜春光醉綺羅羅字拆作佳人能唱客能歌下俱倣此末句仍以何字爲韻

藏頭拆字詩

失名

香飄輕雲靜近春宵漲星頭帶淚搖鮮綠陰侵曲澗桃花艷葉不潮意寂闌令門夢衣妝成玉貌嬌柳畫溪頭點羣分芳蕙果

右春詞

讀法　風輕雲靜起拆字讀法與前同

藏頭拆字詩

嶺人棲息樂林泉淚蛙聲鬧野田里煙雲光照堂園李木想歸天淡飄口四湖鳥搖風北牖仙色半樂春宴外陽遥暎萬詩

右夏詞

讀法　山入棲息起餘同前

藏頭拆字詩

琴堂番風雨送微凉徑幽蘭雜佩香轉新篁篩影篆飄楓葉亂紅揚戛玉滾爐樽胡喜金風發籟篔莉放殘秋色靜蘢梧樹冥

右秋詞

讀法　一番風雨起餘同前

藏頭拆字詩

凝是瑤花舞上寘荒堆白似妝銀爐燼送遺香潤漏聲傳夜氣清挂簾華光西淡草冰水咏初深鷲栖鳥風威凌溜茫茫玉筋

右冬詞

讀法　疑是瑤花起餘同前

相思壁

失名

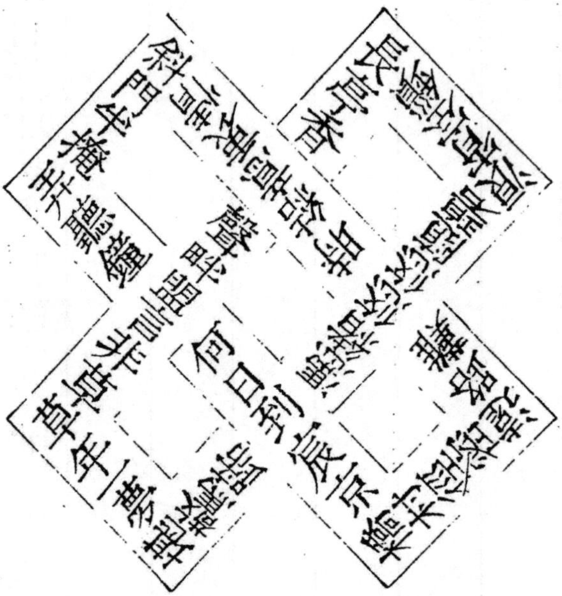

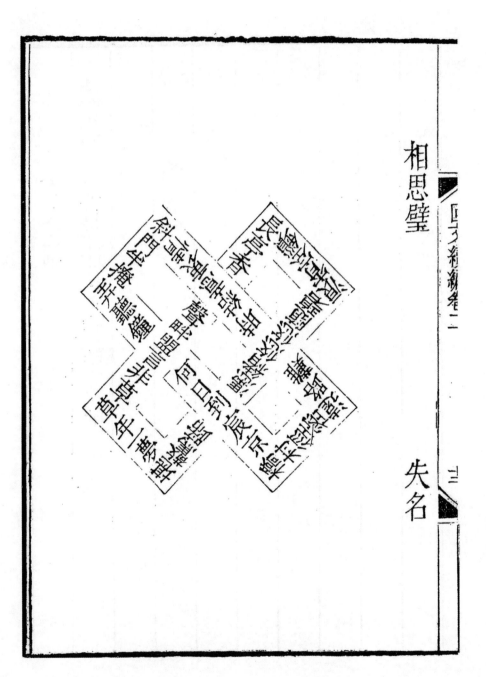

右闘思 長短句一調

讀法　此亦藏頭拆字毎句俱拆上句末之半爲首字如憑字拆爲心緒悠悠隨碧浪浪字拆爲艮宵空鎻長亭是也下俱做此憑字仍爲末句之韻

連環疊字詩　佛印

野野鳥鳥啼啼時時有有思思春春氣氣桃桃花花
發發滿滿枝枝鶯鶯雀雀相相呼呼喚喚巖巖畔畔
花花紅紅似似錦錦屏屏堪堪看看山山秀秀麗麗
山山前前煙煙霧霧起起清清浮浮浪浪促促潺潺
湲湲水水景景幽幽深深處處好好追追遊遊傍傍
水水花花似似雪雪梨梨花花光光皎皎潔潔玲玲
瓏瓏似似墜墜銀銀花花折折最最好好柔柔茸茸
溪溪畔畔草草青青雙雙蝴蝴蝶蝶飛飛來來到到
落落花花林林裏裏鳥鳥啼啼叫叫不不休休爲爲
憶憶春春光光好好楊楊柳柳枝枝頭頭春春色色
秀秀時時常常共共飲飲春春濃濃酒酒似似醉醉
閒閒行行春春色色裡裡相相逢逢競競憶憶遊遊
山山水水心心息息悠悠歸歸去去來來休休役役

右寄友長短句二百六十字

讀法　每字兩遍讀句法連環項下第一句三言二句至八句七言九十句三言十一句至十四句七言十五句至十八句五言十九句至三十三句七言三十四句五言三十五句至四十句七言如野鳥啼野鳥啼時時有思　有思春氣桃花發　春氣桃花發滿枝之類是也

回文類聚卷第二

回文類聚卷第三　續編

江南朱象賢集

圖

璇璣碎錦一

合蔕梅　六稜品字玦

一垣星斗　蜂房

火齊環　霹靂環

金花勝　翠蕉

錫朋　聚景燈

同心梔子　蛛絲

合蔕梅

萬樹

鏡晚臨初罷綉黃
試妝約及時回昏鶴
寒望來記楊末月苔伴
清曉遠去隄見砌小衣長
照牕蒼山雁入落玉芳綠吟
影開遍問音書英寒痕履點欲
香簾半吐小枝梅傾倦酒盃腸斷
帳臺寂寂寒聲橫閑羅紫綉一
紙階霜如鼓愁雪坐囊未聲
孤映月角倩淚影懶成吹
眠白哀薄郎灑落裁箇
怯長嘆枉多才空玉
夜一鐙殘夢遠塘

右寒宵吟 七言絶十二首

讀法　俱從中梅字起分上左右三路厶字三角形讀梅枝小吐半簾香句爲首右旋至蒼字一首左旋至霜字一首又從梅橫雪影落空塘至郎囊各一首梅英落砌月昏黃至芳楊又二首共六首又每首俱各迴文讀亦得六首

六稜品字玦

碧沿渟渟色暮
燕叢紅○頻春沸
舞漾芳問更歸字歌
斜簾月草紫欲錦揮鸝
風珠衘白露緗詩牋金綠
急影閙蜂紗低絃手玉釧樹
夜深房·曲帳垂花架滿紅紛翠
响音調笛柳飛落篆籠薰黛
前○吹弱對窗點重○粧
牕遲風卧西月苔埋停
雨枝鵲鳴簷上階鏡
小處處迷春曉聼

右春日閨情 虞美人三調 五言四句六首

讀法 詞以低垂花三字爲領ㄙ字讀回文作一調一低垂柳弱起窗西止二垂花架滿起詩牋止三花低露草起蜂銜止進皆右旋回文左旋 詩自小字斜入内遇垂字左旋亦ㄙ字讀小枝起調音止爲一首又自夜字入内至垂字左旋至吹遲爲一首又翠紛至花落右旋埋字止暗階至花架右旋薰字止各一首暮春起至低字轉紅字止碧叢起至低字轉頻字止亦各一首調吹重籠更間六字平仄兩讀

一垣星斗

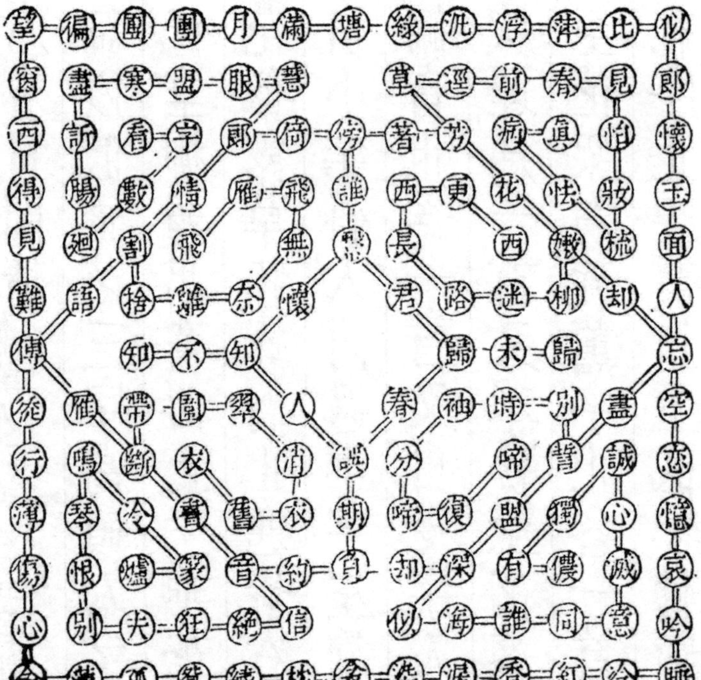
望徧團團月滿塘綠泚浮萍比似
窗盡寒盟眼慧 草逕前春見郎
西訴看字郎倚傍著芳癡眞怕懷
得腸數情雁飛誰西更花怯妝玉
見迴割飛無 長西嫩梳面
難語捨雖奈懷君路迷柳卻入
傳知不知歸未歸忘
從雁帶圍翠入春袖時別盡空
行鳴斷衣消喚分啼誓誠戀
薄琴冷舊衣期啼復盟獨心憶
傷恨爐篆音約負卻深有儂減哀
心別夫狂絕信似海誰同意吟
命薄孤鴛繡枕衾染淚香紅冷睡

右閨怨南鄉子四調　長相思四調

讀法　南鄉子上自塘字向右三角轉內眞字止復回文至塘爲一調再自塘左向至看亦然下自衾字右至儂左至爐俱同長相思右從歸字入內上轉至西字作龜紋讀回文爲一調自歸字入內下轉至啼亦然左從知不知上至飛下至衣俱同

蜂房

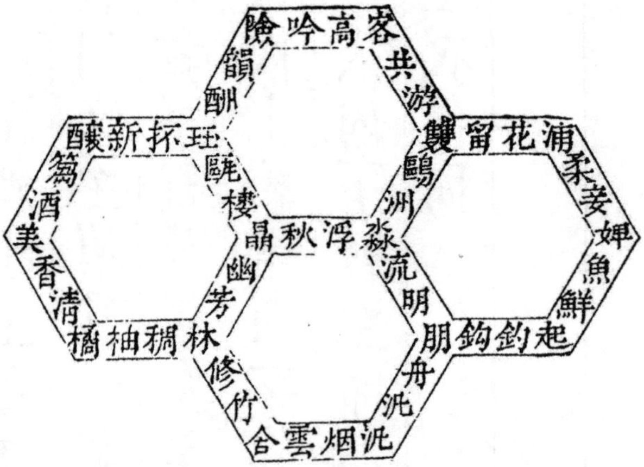

險吟高客
韻 共
酬 游
醿新抔珏 雙留花浦
篘 䣽 鷗 柔妾
酒 樓 洲 娌
美 晶秋浮淼 魚
香 幽 流 鮮
清 芳 明
橘柚稠林 朋鈎釣趣
修 舟
竹 泚
合雲烟泚

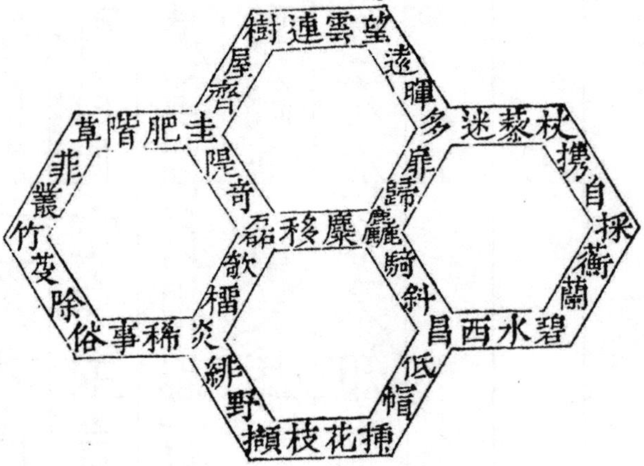

樹連雲望
屖 遠
齊 暉
草階肥圭 多迷藜杖
非 隈 扉 携
叢 奇 歸 自
竹 磊移麋麤 採
茭 歆 騎 蘅
除 檑 斜 蘭
俗事稀炎 昌西水碧
緋 低
野 帽
擷枝花揷

右秋興長相思八調

讀法　上淼晶下麤磊俱分作三處上雙朋珏林俱横分下多昌圭炎俱截斷皆遇圍讀上秋日樓起至洲水浮爲半調回文卽爲全調浮水流至幽日秋止鷗隻留至流水洲止樓日幽至抔玉甌止皆回文是爲三調下四調倣此

火齊環

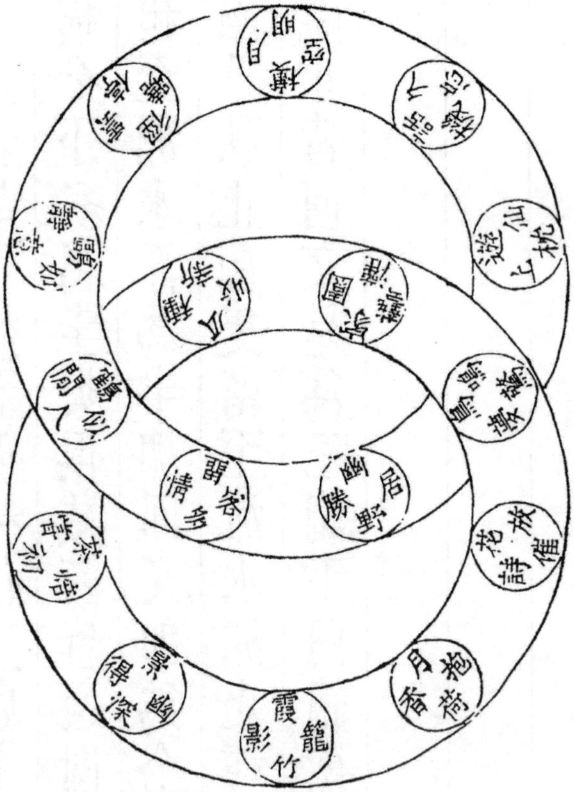

右幽齋夏日七言八句二首

讀法　逐句回文讀上環幽居野勝野居幽左

旋下環瓜種新收新種瓜右旋

霹靂環

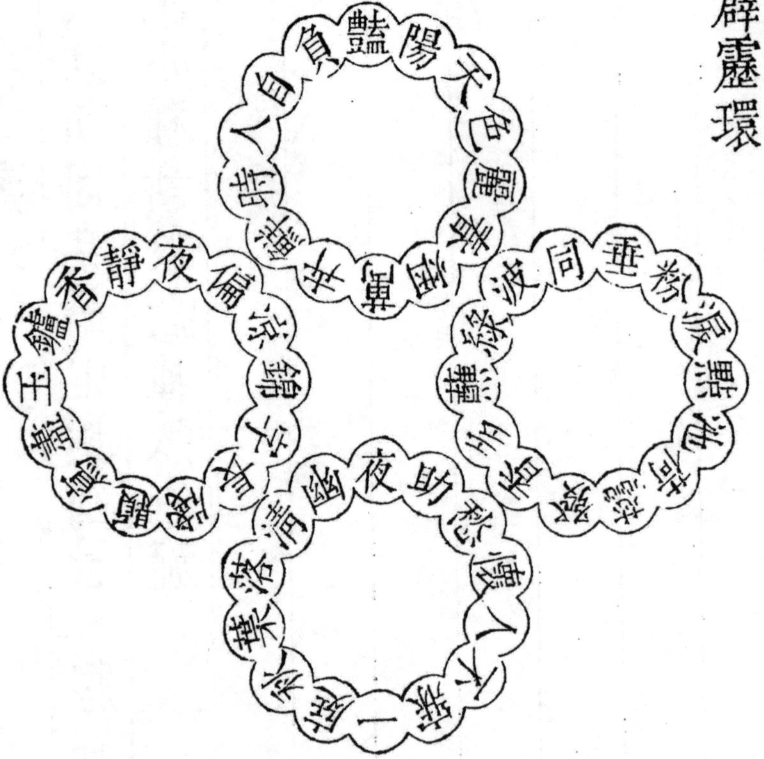

右四時怨七言四句四首

讀法　脫卸讀春景艷陽天色麗春烟色麗春
烟萬卉鮮萬卉鮮時人自負時人自負艷陽天
夏景點池起秋景一庭起冬景玉爐起舊有脫
卸連環此同

金花勝

右褋詩七言四句三十首

讀法　中爲韵上平十五首正上起如風柳同

花拂苑東下平十五首正下起如禪理玄深慕

學仙凡一二三四句皆逓卸一字左旋讀

翠蕉

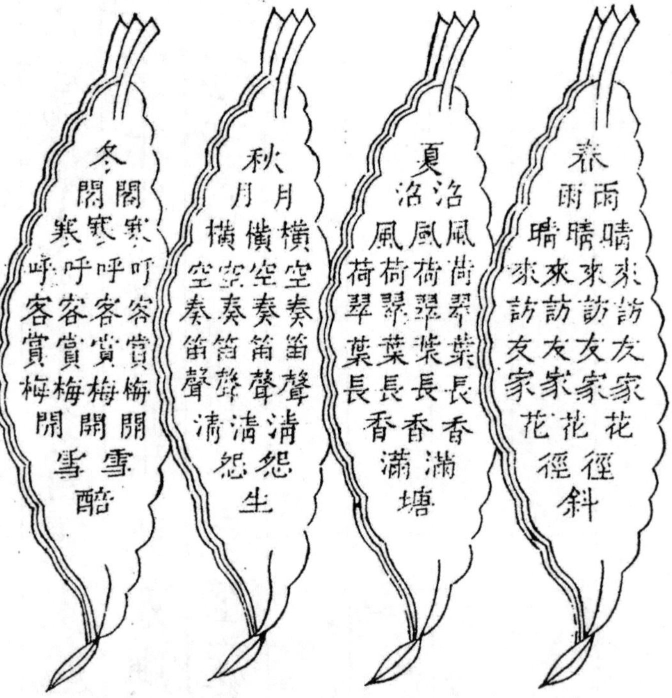
春
雨雨
晴晴晴
來來來
訪訪訪
友友友
家家家
花花
徑徑
斜
夏
洛洛
風風風
荷荷荷荷
翠翠翠翠
葉葉葉葉
長長長長
香香香
滿滿
塘
秋
月月
横横横
空空空空
奏奏奏奏
笛笛笛笛
聲聲聲聲
清清清
怨怨
生
冬
閒閒
寒寒寒
呼呼呼呼
客客客客
賞賞賞賞
梅梅梅梅
開開開
雪雪
醅

右四時詞 七言四句四首

讀法 斜縱卸一字讀首句春雨起次句雨晴起三句晴來起四句來訪起後倣此

錫朋

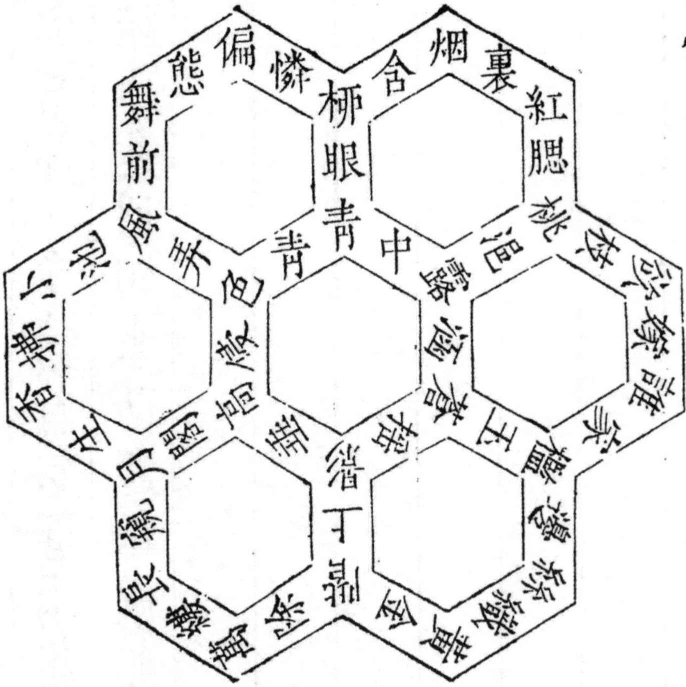

右柳枝辭　七言四句三首

讀法　分上左右三首讀上一首以烟偏二字爲領從烟字右旋至露字爲一句卽從露字右旋仍至烟字爲一聯次從偏至色色仍至偏是爲一首左一首香長二字爲領右一首絲誰二字爲領中斜六路皆牽用

聚景燈

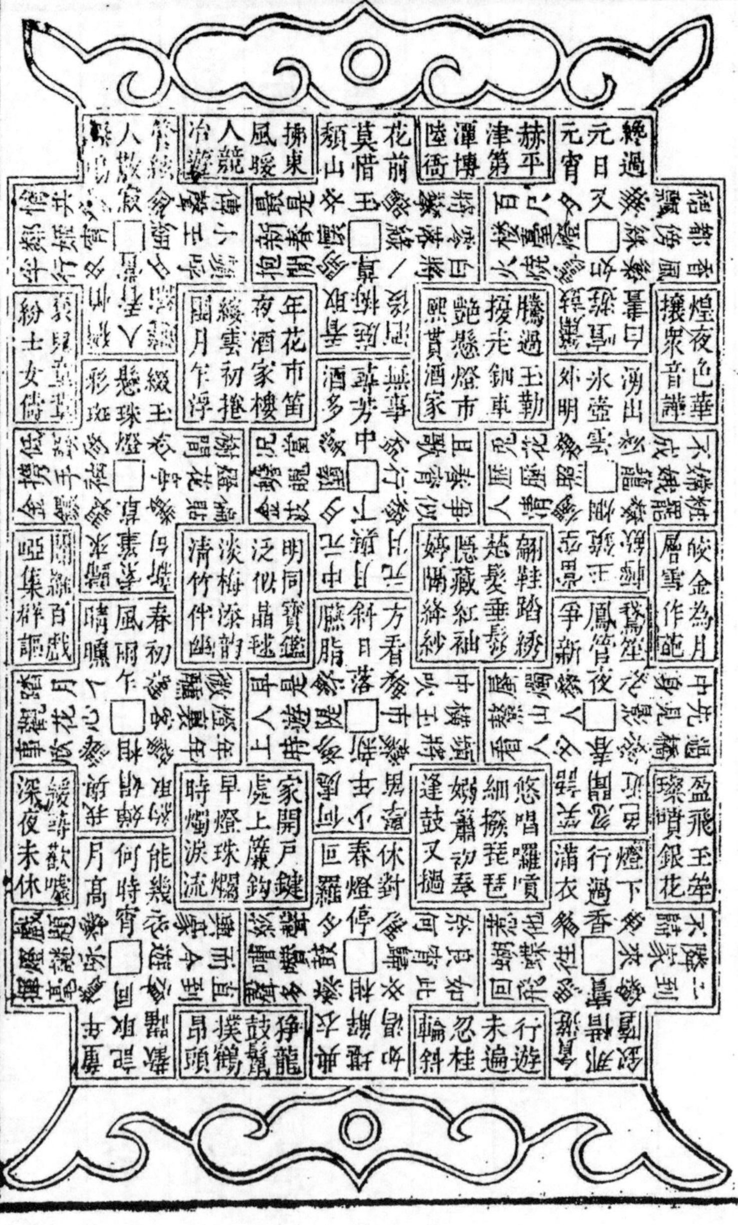

右上元燈月 七言四句十二首 五言八句三首 五言廿二句二首

讀法 七言在亞字圍內每句先二字次三次二纔過元日又元宵左旋至綵裊飄止餘同五言八句分左右中三首即在七言內圓寫八字首尾環讀作二句直下四圓為一首西南起向下左旋自華綵燦如霞至看香車止中左同長律在中方圍及上下兩旁半方內右一首自邊上長半方至上橫半方中三方下橫半方止左自上中下至邊止句首字俱雙讀煌煌夜色華起輪斜止又拂拂東風暖起未休止

同心梔子

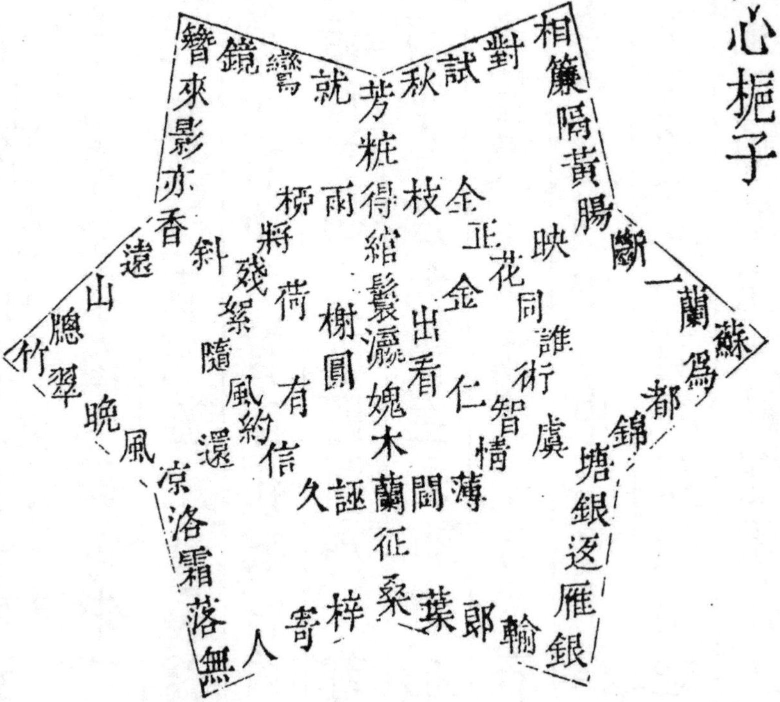
相簾隔黃腸
對試秋芳就鸞鏡
鬢來影亦香
斷一蘭蘇
為都錦
塘銀返雁銀
輸郎葉
桑梓寄人
無落霜洛涼
風晚翠竹
總山遠
芳粧得縮鬟瀛媿木蘭征
枝金正金
映花同誰術虞
出看仁智情薄
閭謌久
枒將殘綵隨還
雨荷有信
樹圓
斜
風約

右秋閨 七言十二句一首 六言四句一首

讀法 七言用中瀛字分爲四云水月女凡六字各列一聯之首暘芳香涼桑塘六韵先只借用月方日京水唐六半字自西南四出金花暎月黃一聯起次二云鬟次水榭至一斷腸止六言亦西南花正起俱左旋

蛛絲

俱夢淨塵咏上池
清頭天
陌樂行
心境人無寂皇義等且閒泉石叟
戶巳尋
偏外掩名且宋野
遠遺盧五力肅傲屈從
春十二田歸谷穴器貝禹冠爲漉酒巾
禾水口虔擬出
風二令
頃香郎刀賦人
持奩絲作山
有中章樵
情窮寓筆千薪共
不
諱老斧
言逾名
貧作病新學酒爲

右閒居吟 七言八句 五言八句 六言四句 以上各一首

讀法 七言中心器字合寫分用以口字合四隅各字以工字加於四正面諸字之上下左右自西南吾廬句起次空谷句縱行至功名句止五言亦西南人境起橫行至塵淨句止六言戶外起至尋閒句止以上俱左旋

回文類聚卷第三

回文類聚卷第四 續編

江南朱象賢集

圖

璿璣碎錦二

鏡帶　　鴻燕分飛

八音錦　　縱橫其畝

雷文印　　重重結綺窻

連理箋　　顛倒鴛鴦

葵心　　花月闌

交枝方勝　　面面相逢

鏡幕

萬樹

右竹枝詞七言四句

讀法　以中心湘字拆作六字用於各句之內

楚山起左旋至瀟湘止中左爲沐　右爲目　中爲木

右中爲相左右爲泪　左爲水　全爲湘其離合七字

鴻燕分飛

右咏鴻燕七言八句一首　五言八句一首

讀法　字順者咏鴻七言自霜風起左旋至中心州字止次句之首皆借上句尾半字字倒者咏燕五言分作四方每九字爲一方作兩句讀每聯次句亦借上半字爲首如天女窗前絮如簧試曉聲次聯尾分起衣輕止皆向上右轉餘倣此。

八音錦

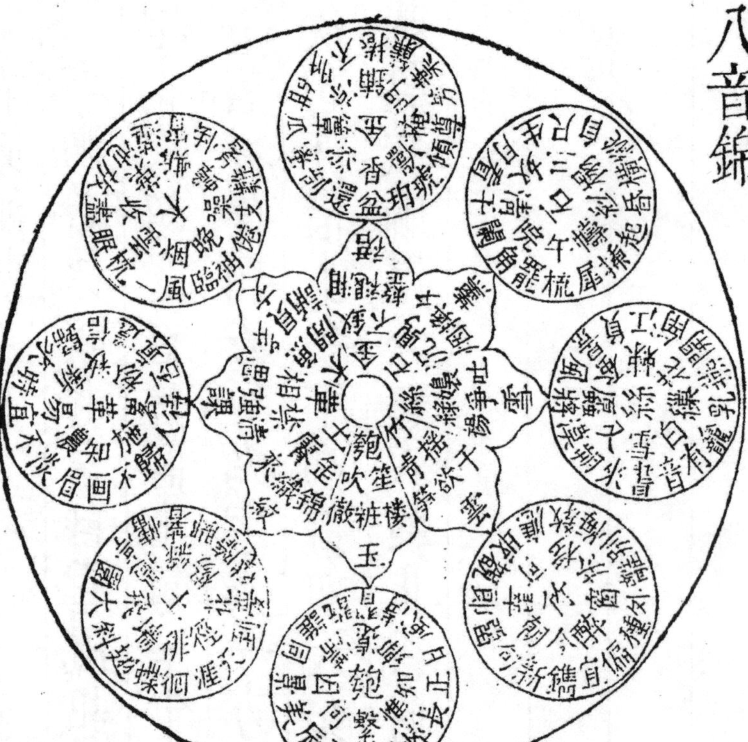

右夏景閨情 七言八句一首 七言四句八首

讀法 中八句之字讀金釵不整褪湘裙起至貝多文止凡八首從金石至草木每首中心自內至外盤旋讀金鋪門掩獸香添起下句皆借上句尾半字爲首第一句第一字從中第二字次層第一句第四字外層

縱横其六敧

鋤	旋	茁	庭	逮	好	犁	春	生
禾	黍	茁	謝	姣	好	布	穀	生
煮	湛	濤	戶	當	畊	圃	南	楹
茶	湯	清	自	耘	畊	藹	前	楹
俗	塵	忘	仞	千	岳	共	只	語
機	全	忘	雲	中	岳	村	翁	語
邊	離	行	丸	雙	明	來	常	鳴
帶	醉	行	世	外	明	竹	舍	鳴

右春畊吟 七言十二句

讀法　毎句首二字合末一字正寫者自右向左倒寫者自左向右牛一春犁布穀生起彳亍籬邊帶醉行止 彳亍音躑躅義同

印文

鏡門無夢足餘年
岳粧異似頭仙陰
潘冠烟咏閒樓共
生衲烽中原樂賭
任醉起鼓鼙志圍
髮同高眠樹篇棋
泉茗煮燒常外墅

賦陵猶惜未逃名
作同酌曉風清濱
惟醪耕里鄰家約
音皎躬心安最棹
塵月事蕨采有看
絕春烹共筍情花
聲鳥聽笻聯徑落

薺物何妨偶六如
於行看唱步虛鑾
甘廚書歸南畝閒
覺塵樹讀相樂身
漸揮種經十樵青
貧談聽出龍漁鏡
餘甜黑事舊冠裡

映斜扶醉過芳堤
栟學稼道寧低憐
花謀溪鳥多情寂
莊懶清起間自寬
村亦剉屋茅在春
處身兵譚龍啼無
題有賦閒幽愛語

右野居吟 七言律四首

讀法　螺紋讀從中心左旋至外借上句尾半字爲下句第一字即用中心讀起四字爲四篇首字

重重結綺窗

	雲		焚	殘		酸	
褰=	如=	癡=	洗=	夢=	凭=	泪=	晚=
花=	玖=	游=	釧=	鑪=	颸=	移=	閒=
雖=	桃=	愁=	摩=	馥=	燈=	趾=	竚=
境	粉	切	群	在	暗	苦	看
錦=	似=	占=	鵲=	何=	裁=	詞=	鯿=
紅=	輪=	訛=	森=	岳=	明=	悵=	江=
稔=	扇=	信=	砌=	重=	剪=	情=	鯉=
君		聞			寒		難

右閨中恨七言八句二首

讀法　每句前六字逐字借半讀如晚下重日閒下重門竚下重立第一句爲晚日閒門竚立看第二句同至三四兩句則先讀半字後讀全字如心情長悵言詞苦故第一行自上而下次行自下而上三聯同首行末聯同次行至于左幅一首則又先半後全爲首聯亦相間而下故石砌林森鳥鵲群先自下而上也

連理箋

侈　明　浴　直
間向映懸邊口把年
無　簧　靜　敏　作
事林花笋聽看心賦
甦　壬　岩　花
相茗片枝栖挺野萊
㛃　鈺　檎　愔

右山居七言律一首

讀法　直浴明侈斂靜簧花岩王甦愔檣鈺燖十五字分讀十年作賦草萊音句起人間無事更相尋止

顛倒鴛鴦

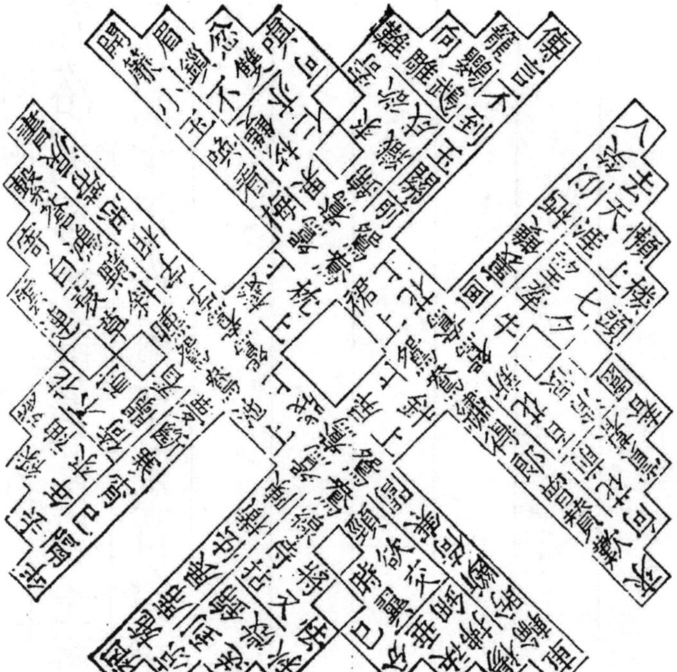

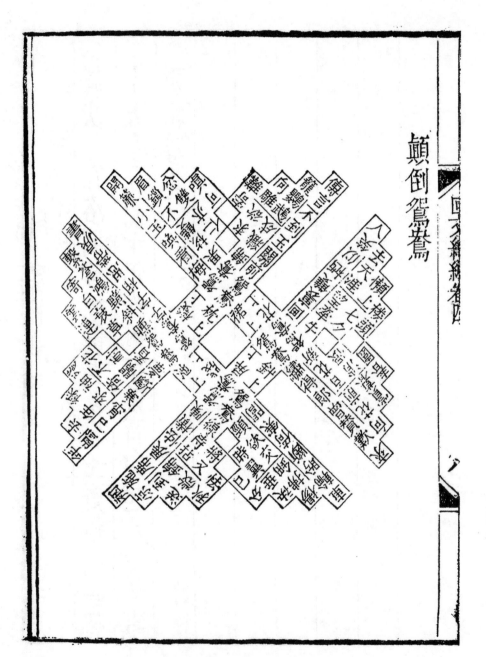

右閨情 七言絶八首

讀法　鴛鴦字交斜讀上下四首難嗔分秋四字起左右四首人書來年四字起次句及第四句俱頂上句末字如難向雕籠鸚鵡傳傳言不到玉關前鴛鴦枕上鴛鴦夢夢斷寒宵已隔年次卽從年字起仍到難字止年去年來綵袖殘殘花不耐倚闌看鴛鴦機上鴛鴦錦錦織成來欲寄難餘倣此

葵心

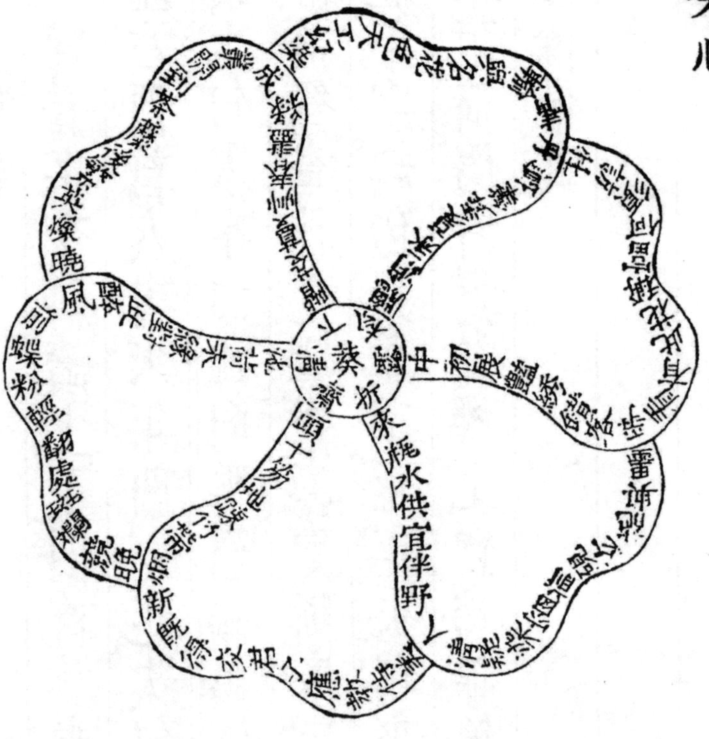

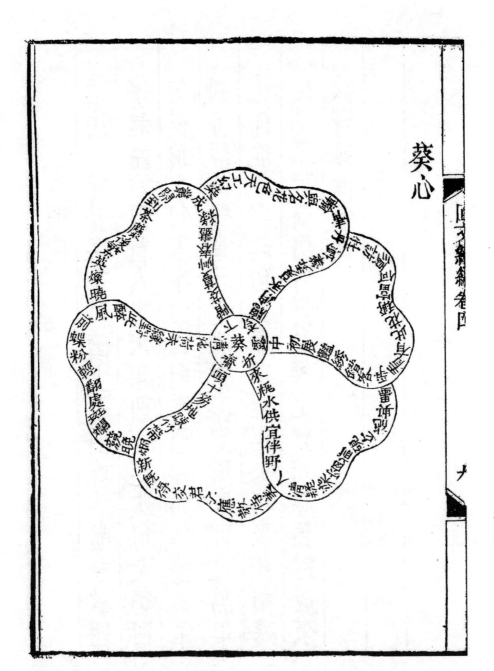

右題葵 五言四句六首

讀法　以王右丞句作六首起字中心葵字爲題每瓣一首末一字則讀出次瓣丹成風烟八爭六字皆兩首合用

花月闌

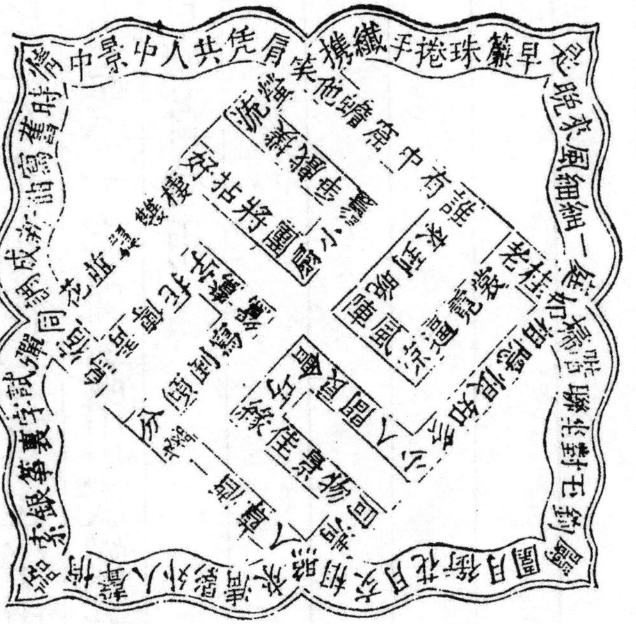

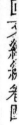

右夜景詞 謝池春幔 驀山溪 各一調

讀法　內卍字謝池春幔笑他蟾窟起句句頂字讀至戲撲流螢笑止外圍驀山溪笑攜纖手起亦頂字讀至人共凭肩笑止皆右旋

交枝方勝

未卜歸錢
香金奩破
鳳雙宿挑
能慵倦
前無懨分
有難續
鏡磨繡倚
分福曲獨促調
深愁音切
箏怨玉
山花高色影梅
聽綠伴
解誰開長
入簾

右春寒　漁家傲一調

讀法　交加讀前調繡倦起後調磨破起分調

二字平去兩讀

靣靣相逢

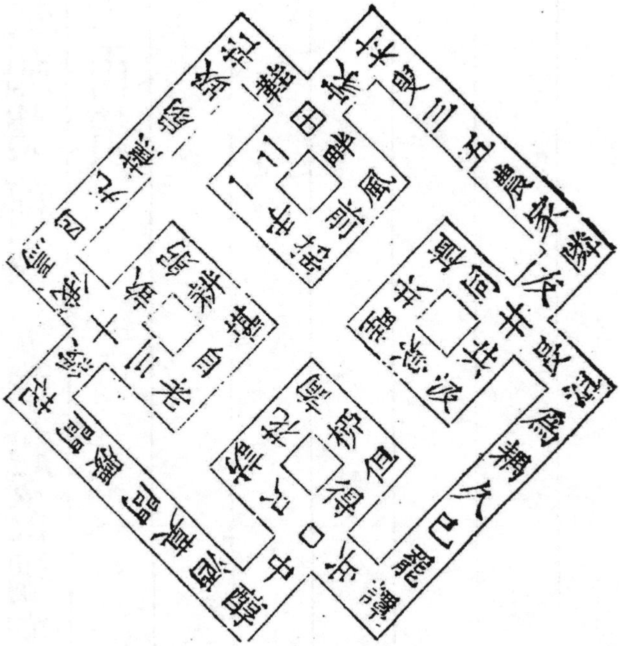

右十口井田歌 離亭燕一調

讀法　十口井田四字四面相同交加讀一二

田家村叟起田畔風前搖手止

回文類聚卷第四

回文類聚卷第五 續編

江南朱象賢集

圖

璿璣碎錦三

柳帶同心結　九轉丹

百念齡　疊翠峯

長命縷　連環方結

桑籃　碧泉餅

蓮房　扇影

葫蘆　子母錢

柳帶同心結

萬樹

醉臥青
誰□樓
花裏共君醒夢栁下共君迎
聲□情□試
咽哽離將憶
寄
今
城三弄
渭□誰
折□誰□送
斟君共酒把
愁隨草共生
草□淺□魚
踏落同花與淚花看明分倍
作鳴夜來啼
巧□月□怨
恨□雁
憑無久
檐□花
啄鶯凍

右春怨詞如夢令　思佳客　各一調

讀法　交加讀前調花裏起花凍止後調鶯啄

起咽聲止

九轉丹

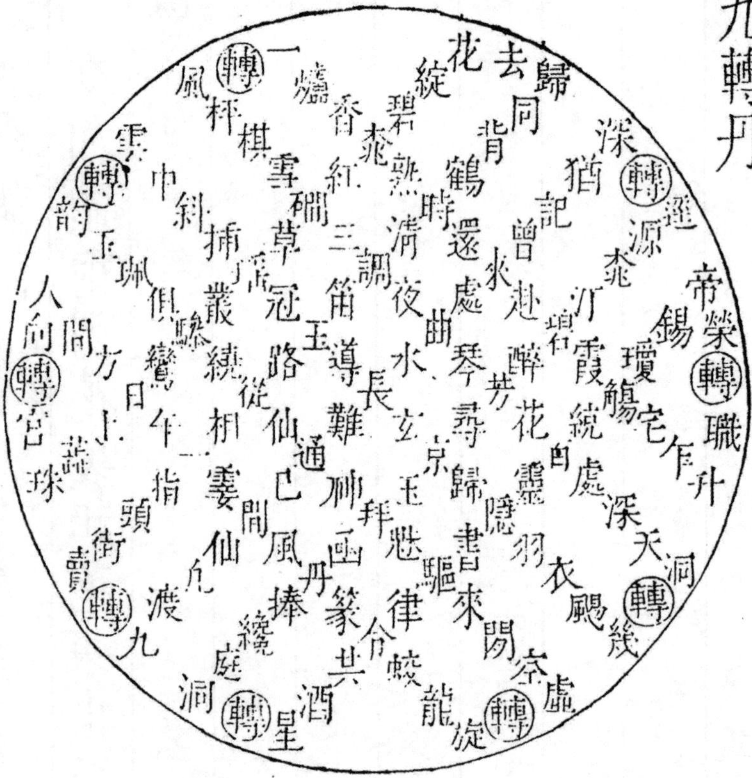

右遊仙詞　浪淘沙　山花子　長相思　生查子

以上各一調

讀法　橫斜交加平仄兩韵讀遇轉字卽轉共九轉浪淘沙花綻起雲中止山花子斜插起霞觴止長相思宅乍起碧汀止生查子桃源起歸去止

百念嬌

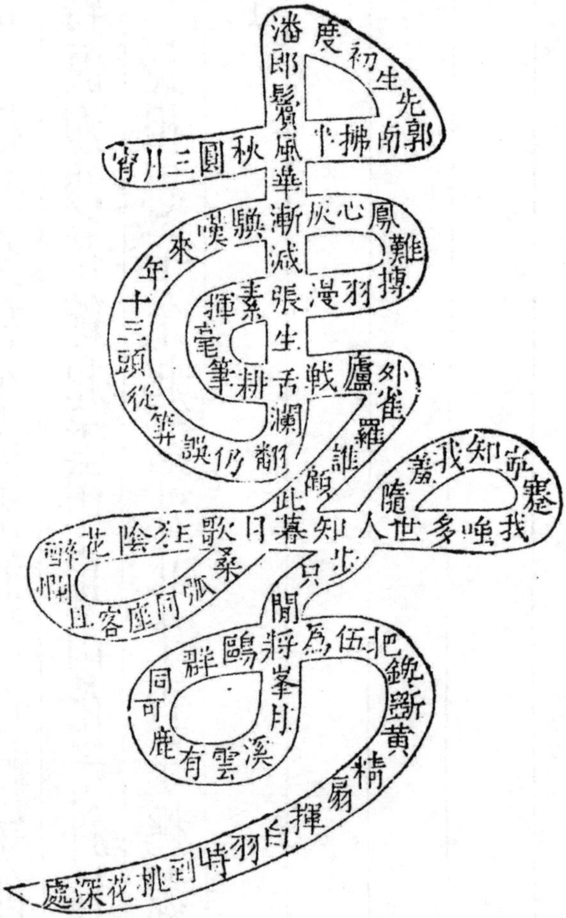

度初生先郭南拂半
秋圓三川宵
潘郎鬢風華漸減張生舌瀾
心灰鳳難搏羽漫
驥嘆來年十三頭從算誤仍鄰
素揮毫筆耕
戲盧外雀羅誰顧此
寒部知我蓋隨
我喚多世人知暮日歌狂老險花醉
步只間
桑弧同座客且
把伍為將鷗群同可鹿有雲溪月峯
鉤斷黃精扇揮白羽時到桃花深處

右自壽曲 夏雲峯一調

讀法　交加讀宵月起深處止實一百十三字

讀作一百二十字舊有壽登百二一此同

叠翠峯

芙
蓉千
宜正朶
春 秋黄槲丹 曾
來娥 南幽綴點楓 聞阮
紅亂碧郭先生家最近劉與肇
斑南岳樓山在卧坐昏晨採藥丹
酒山面面臺 遊常 我春裏洞霞
一賜東驢一跨山入夢有家山堪晤對
還陽夕擔柴隨多欲避人閒是道求他較
琴携 結蘿薜隱間 旁喬
蒼躡硯箇茅亭剛似斗相鳥木
皆款乃歌樵和鹿教猿呼笑間人
千梅落看成 門棲 便無樂此知
古風流蘇學士何竟隱擬傳言朝市客
來田買色山因曾每閱圖山樂幅一他寄
今增恨愧中
日山靈已相許
僧雲白與輸教不

右山居 七言四句七首

讀法 厶字形之字讀角用尖字牽用芙春曾卧

擔道鹿七字爲首

長命縷

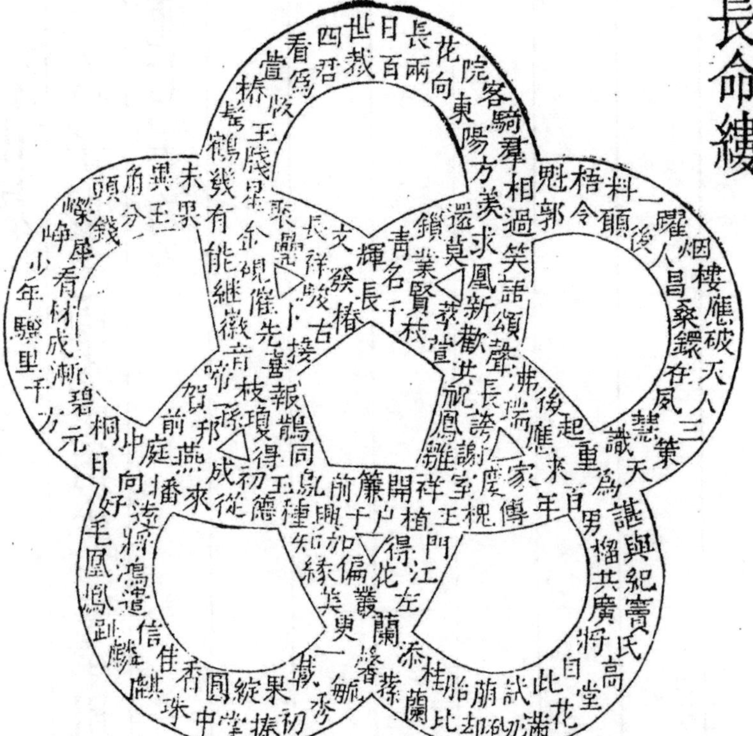

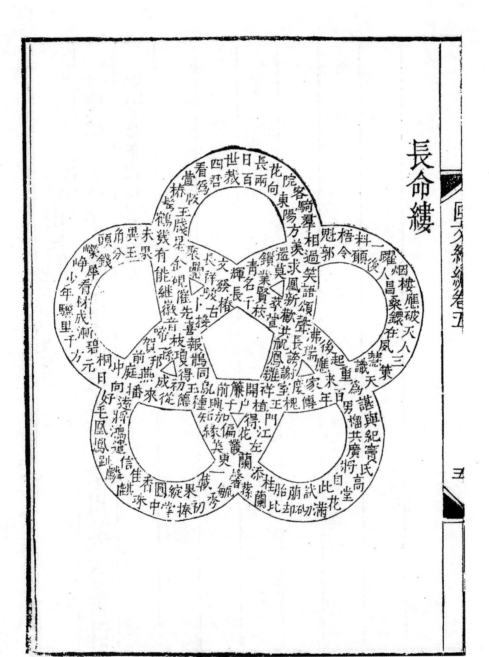

右賀董蓉仙舉子時令祖父母皆八旬尊公遠任畿輔其伉儷則吳興錢氏也

驀山溪　天仙子　浪淘沙　最高樓

以上各一調

讀法　兩層交加讀外層驀山溪日長起來播止天仙子向日起四世止內層浪淘沙百兩起人昌止最高樓桑鐶起君裁止相過重爲叢更燕幾長與等字平仄兩讀

連環方結

起看山　愁懷對　重癖難　作翁湖
終□色　寄□明　情□攻　倏□海
三弄拂琴將只月　霞烟謝亦年消氣
雲□公　山□童
翠來開戶鄭眞芳　得近雲山自憐衣
紫□萬　勝□艸　無□臥　憶□褐
重千壑　香花逕蔣令陶輸　中隆老
閉□但
書窗坐　掩松關有客新從　謂持身
向□醒　裏□許　惡□塵　吾□良
只醒醉堆花落瑾　多交市世濁艱獨
惟□誰　還□皆
簪纓從不問浮雲　舞去來鷗在水濱
世□夢　臺□難　際□去　已□閒
塵囘境　魚釣上　簾當燕　行言人

右鄉居七言八句三首

讀法　左旋回環交加讀起字起終字終

桑籃

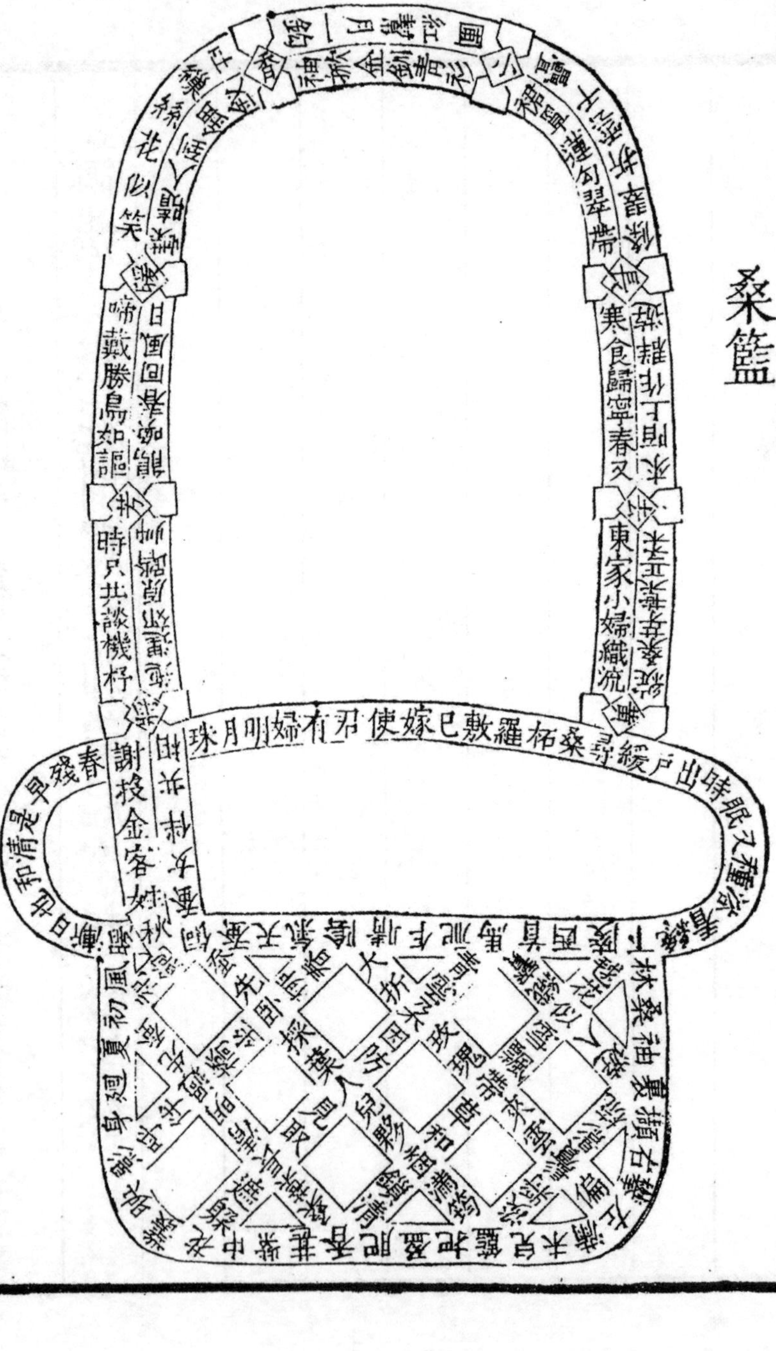

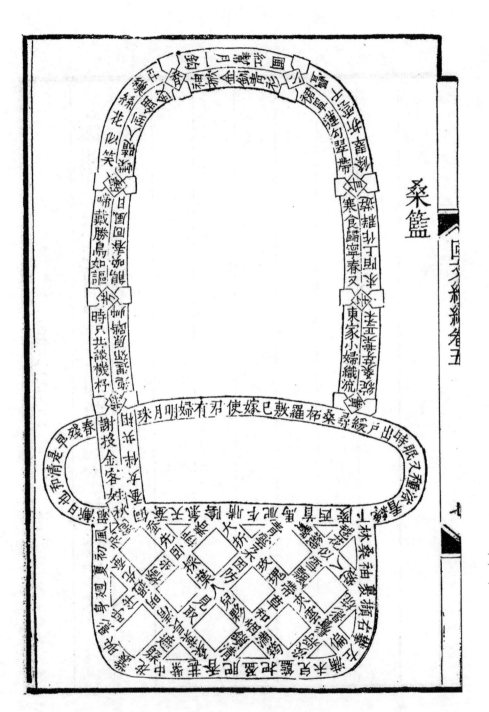

右採桑八 七言八句二首 以上各一調 御街行 滿路花

讀法 詩從飼蠶女伴起婦織流黃止爲一首黃綻桑芽起客姓秋止爲一首將芳等八字通用 御街行從飼蠶天氣右旋至日漸暖風初夏轉至桑林下止相謝飼字與詩合用滿路花從毯花似雪飄起毎斜行至邊又復斜轉至帶來雲鬢偏左止飼亦與詩合用飼初等在邊十字與前詞合用內斜行似帶等九字交加讀

碧泉瓶

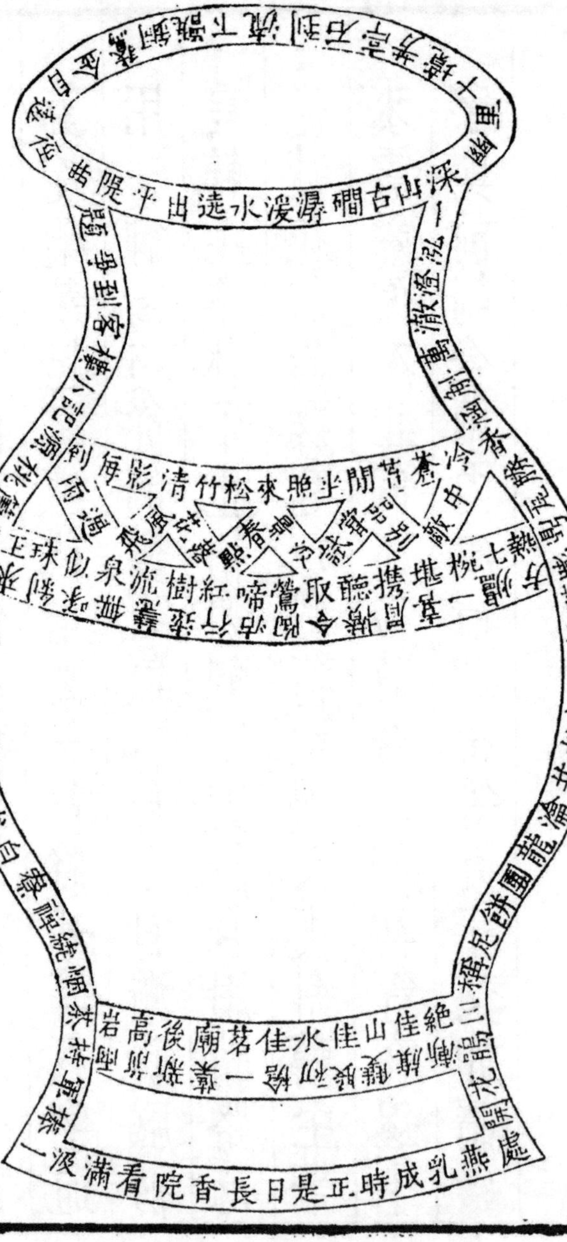

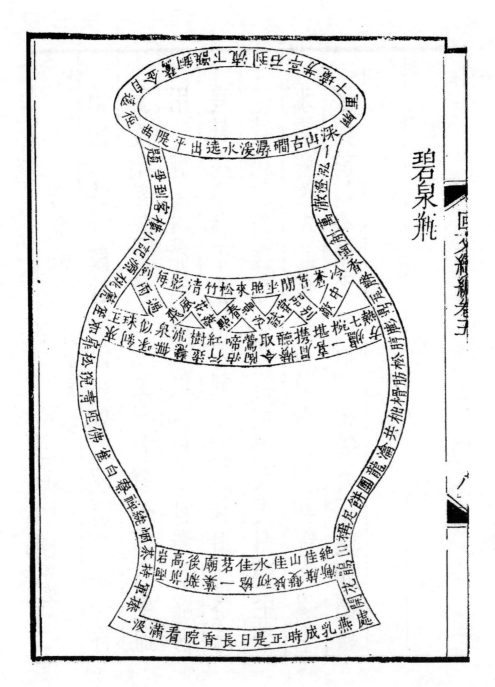

右遊石亭蹊上八汲澗水煮新茶作供

百字令　鳳凰臺上憶吹簫

以上各一調

讀法　前調深山古碉起至十里幽深折至一泓澄澈及香冷橫行入腹從毋到兩過泉飛風清花落一路斜讀至堪敵中冷香勝右傍下行至三絶又橫入中至佳茗止後調廟後高岩折至兩前新葉起橫至鵑花向下旋轉至長來剝啄又橫入中右行方爇又折左行由珠玉笙篪至爭題止

蓮房

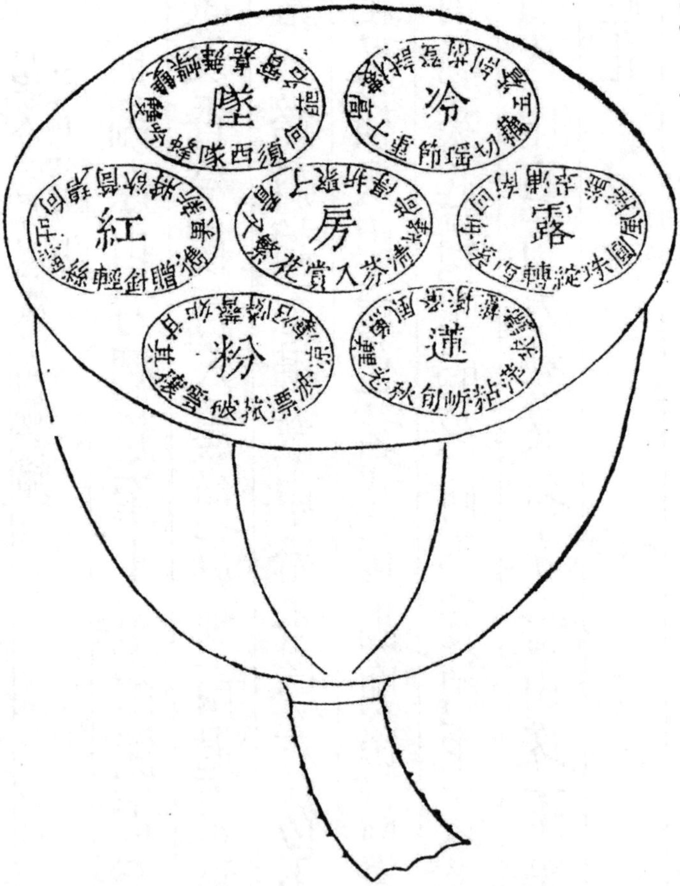

右咏蓮房四言四句七首

讀法　用杜工部露冷蓮房墜粉紅句作七首

此七字分作十四字以半爲起半爲尾如路轉

西溪至末句圓珠綻雨是也冷傍〻郎氷字紅

傍糸音覓

扇影

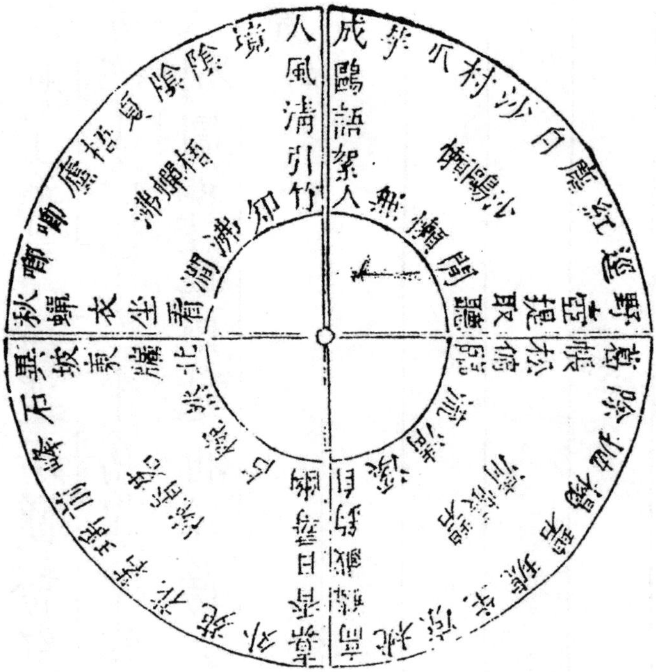

右夏日　六言四句四首

讀法　首尾字離合沙鷗懶野逕起梧蟬沸人境起俱向上左轉茗香椀巽石起碧帳清高枕起俱向下右轉此沙鷗等十二字詩中俱合寫分讀如野逕紅塵白少水村瓜芋成區是也

葫蘆

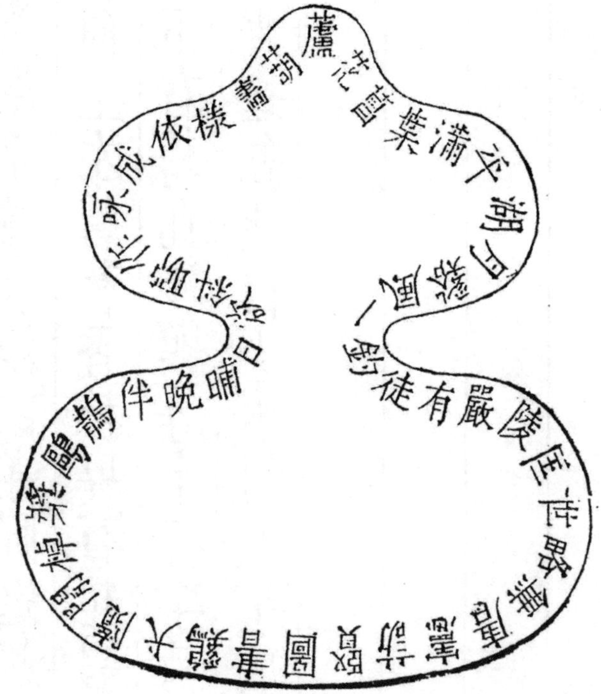

右漁父辭　七言八句一首

讀法　頂上起右旋每句首字即用下句末字

蘆花起葫蘆止

子母錢

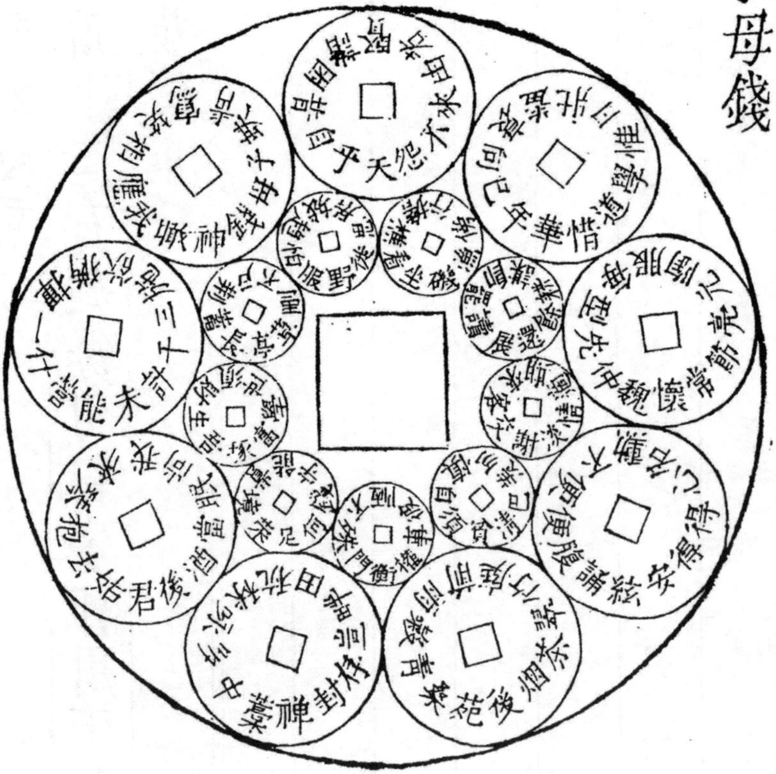

右貧居咏 七言十八句 五言十八句 各一首

讀法 每錢二句首尾連環讀母錢七言錢中左旋句次右旋天平自昔困諸賢起笑寫青蚨子母錢止子錢五言錢中及句次俱左旋衙門殊不陋起愼勿羨巴淸止

回文類聚卷第五

回文類聚卷第六 續編

江南朱象賢集

圖

璿璣碎錦四

玉衡　五雜組

土圭月影　錦障泥

陽關疊　節節高

八行箋　九十六爻

梅花三弄　多麗碑二通

天度小浮圖　百花屏

玉衡

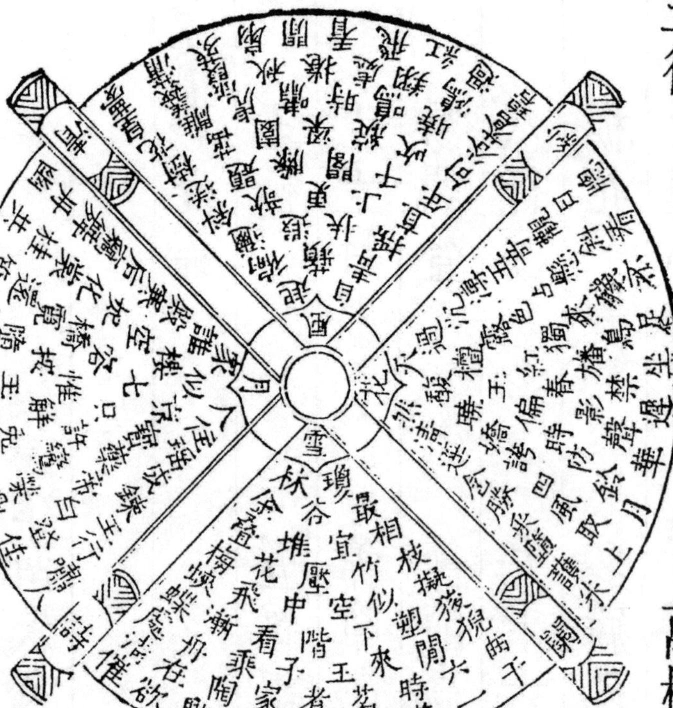

萬樹

右風花雪月 七言八句四首

讀法　之字讀風從起自青蘋起花從天然青馥起雪從瓊林金谷起月從人家誰似起至邊每首七句第三八句末總以清紗闌詩四字兩邊合用

五雜組

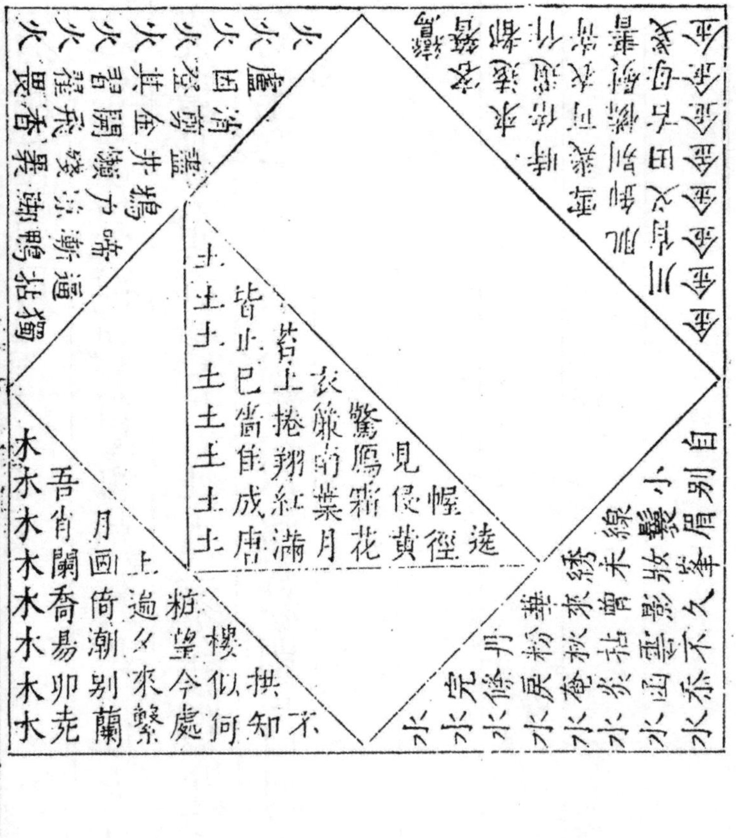
自別眉峯久不忝水
小鬟妝影雲幽水
綠未曾拈炎水
綉承秋奄水
華粉戾水
月條水
完水
水
逘
惺徑
見侵黄
驚鴈霜花
衣簾的葉月
若上捲翔紅滿
皆止巳當隹成唐
土土土土土土土土
火
火盧
火因消
火澄蘭盥
火其金井鵝
火習開懶户啼
火徃飛發涼漸遍
火畏香果疎鴨括獨
不
拱知
樓似何
粧望今處
上逾夊來繁
月画倚潮别蘭
吾肖闌喬昜卯尭
木木木木木木木木

右閨中怨 七言四句五首

讀法 以金木水火土五字分類每首首字之下七字俱分寫合用向左向右次第橫讀如釧銷肌雪卸釵釧別幾時來倍可憐是也餘俱倣此

土圭月影

遊
桂勝
郁芬作
天馥雲簫
一秋毬外笙
臉散朒玉落處
上童忽兆漾蒙何
月月月月月月月月
沽兎日向其朧良
魄光巳今山逾
幽香綻色看
銀圓鏡夜
釣中深
收闌
凭

右咏月 七言八句一首

讀法　首上月字作題湖明期朗月在右朧朓朦月在左相間而下分書合讀第一層橫向右第二層向左三仍右下倣此湖上朣朧句起何處笙簫句止中行諸字邊傍形似月而實非月字者俱不用朒音衄朓音挑

錦障泥

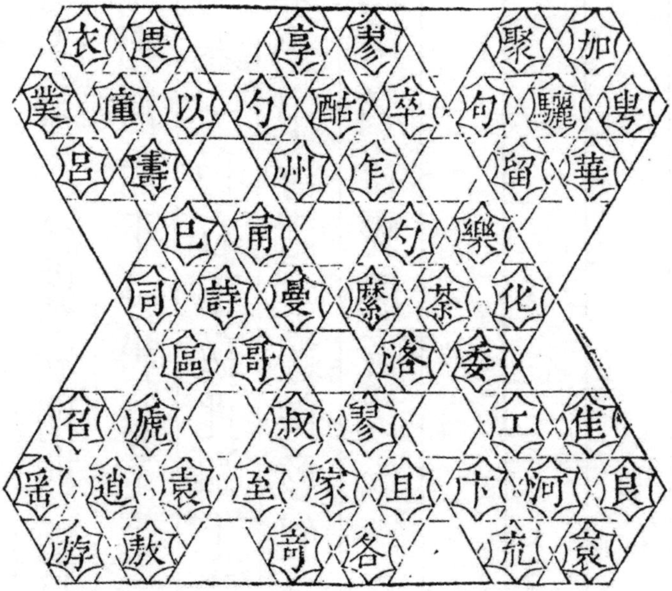

加聚參享畏衣
粤驪句卒酤勺以僮業
華留乍州壽呂
樂勺甬巳
化荼縻曼詩司
委洛哥區
隹工參叔虎召
良河卞且家至袁逍岳
袞汒各竒敖存

右春暮送友北遊 七言八句一首

讀法　中一字爲首餘六字環繞俱用首字邊傍驪駒騾駕騁驊騮句起逍遥迨遞遠遨遊句止上三句横向左中二句向右下三句向左

陽關疊

栁栁色色青青青青滿滿城城烟烟雨雨春春光光
送送遠遠行行君君向向燕燕山山路路前前去去
旗旗亭亭芳芳草草青青無無數數山山翠翠水水
潺潺湲湲行行路路難難時時往往還還多多是是
名名場場客客行行急急寧寧論論山山水水程程
千千百百人人戀戀芳芳春春不不似似君君家家
有有老老親親長長倚倚門門望望君君馬馬到到
金金臺臺下下桂桂花花香香報報高高堂堂正正
眉眉稀稀齡齡壽壽春春酒酒遲遲君君衣衣錦錦
傾傾金金斗斗泛泛春春風風人人共共醉醉融融

右送友遊燕　長短句二百字

讀法　每字兩遍讀句法連環頂下首句三字次七句皆七字次一句三字次一句五字次六句皆七字次二句皆三字次三句皆七字次二句皆三字次七句皆七字次二句皆三字末二句皆五字第二青青及時報融三字皆聯讀頭首有連環疊字詩此同

節節高

車白水日石木新魚
馬雲光影石木皇魚
車白水日石木直魚
車白水日石木直鮮
車白水日石木直魚
車白水日石木直魚
車白水日石木直魚
車白水日邊末直魚
相滿春曉分見銀亦
逐山桃逕圖樓塘美
來隈遠闊儵臺館哉

右山園七言八句一首

讀法　分書合讀三車合成轟三白合成皛三魚合成鱻後俱倣此皛音夭鱻卽鮮字

八行箋

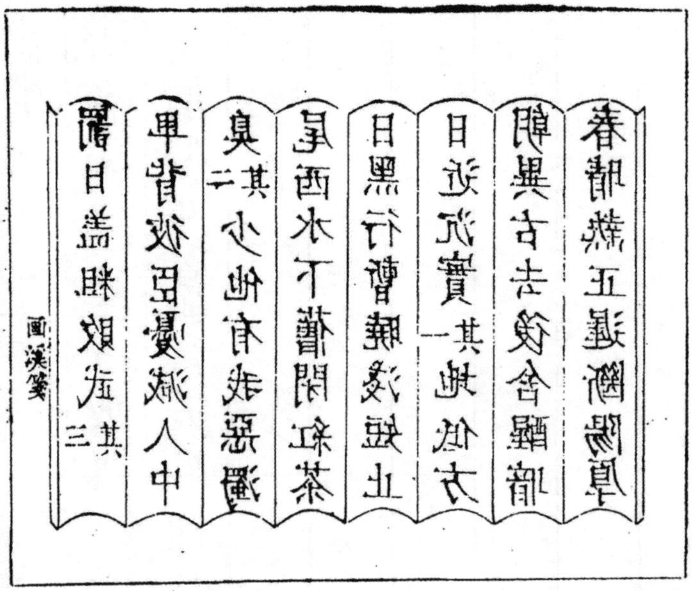

右飲月辭 五言四句三首

讀法 字皆反寫意亦反讀如春晴熱正遲乃秋雨寒偏早斷陽厚朝異乃速陰薄暮同是也餘倣此

九十六爻

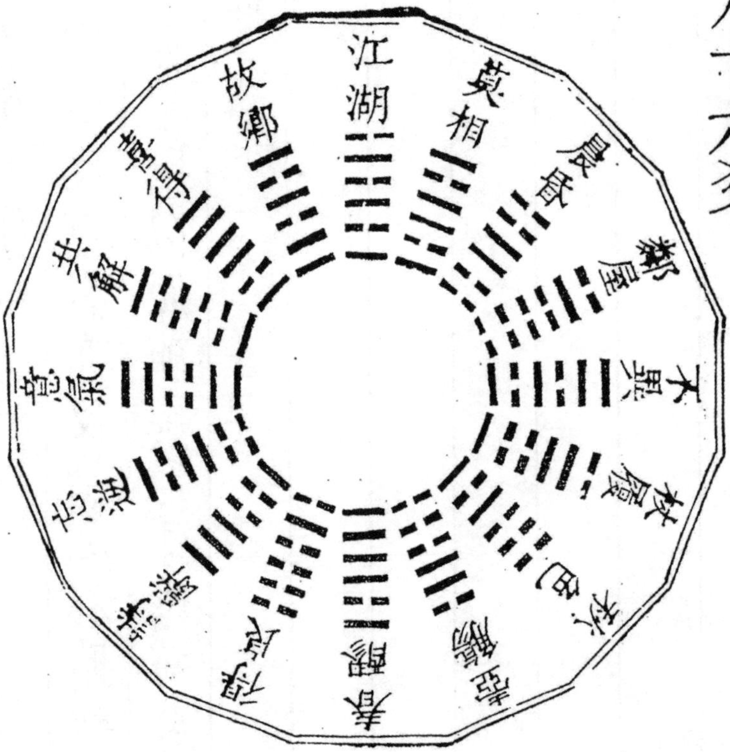

右客邸贈隣友　七言八句一首

讀法　江湖句起左旋晨昏句止用旣濟睽同人頤中孚旅无妄師大有萃明夷隨家人比小過離十六卦毎句二卦

梅花三弄

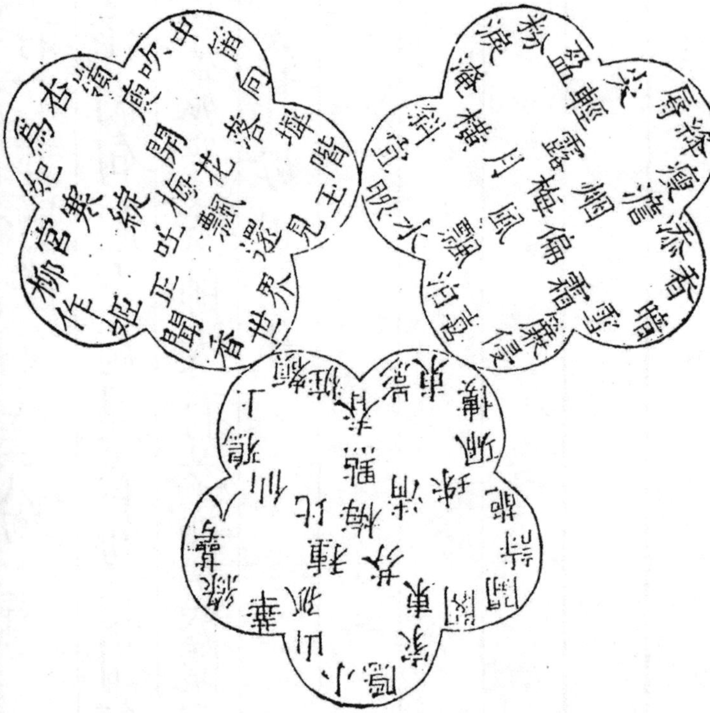

右咏梅花 七言五句三章

讀法　俱從中梅字讀起左旋自西南始梅煙澹瘦絳脣尖梅露輕盈粉淚淹餘倣此

多麗碑

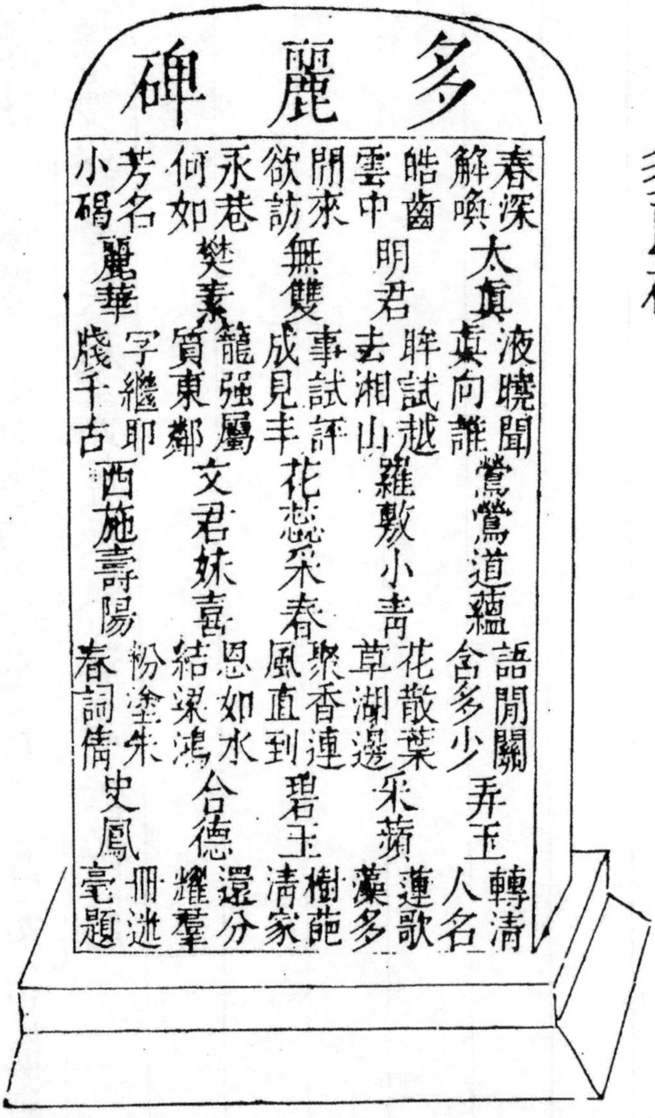
多麗碑
春深太眞液曉聞鶯鶯道蘊語閒關弄玉轉清
解喚眞向誰含多少人名
皓齒明君眸試越羅敷小青花散葉采蘋蓮歌
雲中去湘山草湖邊藻多
開來無雙事試評花蕊采春聚香連碧玉樹葩
欲訪成見丰風直到清家
永巷樊素籠強屬文君妹喜恩如水合德還分
何如質東鄰結梁鴻耀羣
芳名麗華字繼耶西施壽陽粉塗朱史鳳冊迷
小碣幾千古春詞倩毫題

右咏古美人 七言四句五首

讀法　太眞等一人名左右分讀鶯鶯道蘊等二人名上一名右讀下一名左讀以首句末字合四句起字爲一人三句末字合結句起字爲一人如春深太液曉聞鶯鶯語間關夭轉淸首行解喚眞眞向誰道蘊含多少玉人名是也餘倣此

多麗碑　其二

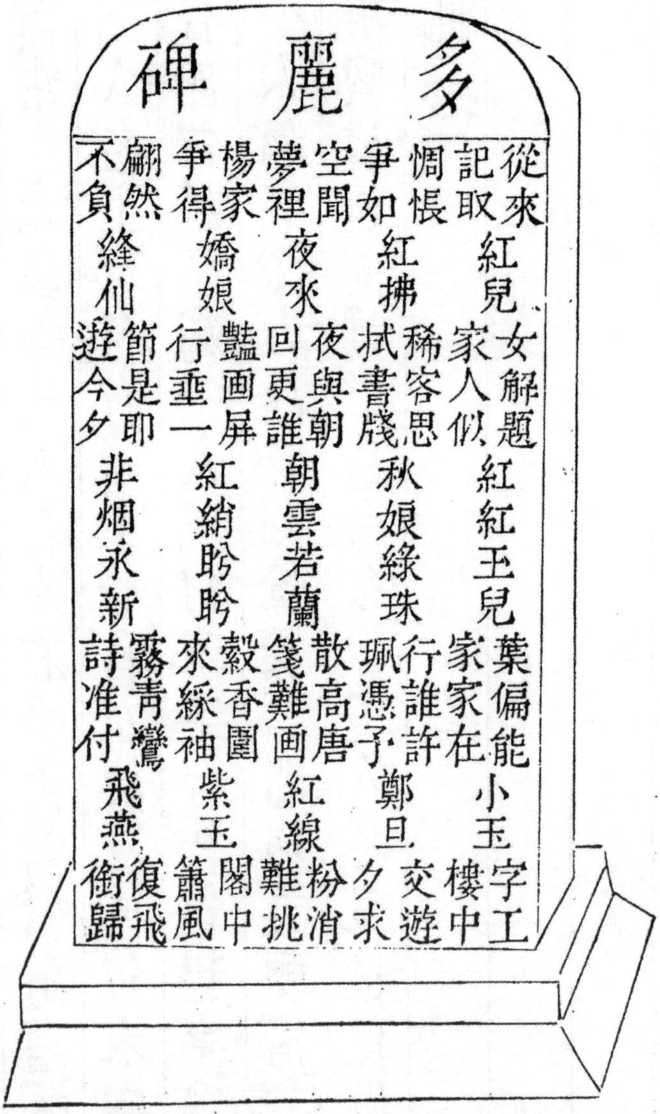
多麗碑
從來紅兒女解題紅紅玉兒葉偏能小玉字工
記取家人似家家在樓中
惆悵紅拂稀容思秋娘綠珠行誰許鄭旦交遊
爭如拭書牋珮憑予夕求
空聞夜來夜與朝朝雲若蘭散高唐紅線粉消
夢裡回更誰箋難画難挑
楊家嬌娘黶画屏紅綃盼盼轂香圜紫玉閣中
爭得行垂一來綵袖簫風
翩然絳仙節是耶非烟永新霧青鸞飛燕復飛
不負遊今夕詩准付銜歸

右咏古美人 七言四句五首

讀法　紅兒等一人名左右分讀紅紅玉兒等二人名上一名右讀下一名左讀餘俱同前

天度小浮圖

月
華
澄澈
娟嬋最
金江第一蒲東花漫
尊事少年郎周憶
赤壁牛渚風流
嘯興逸樓南
傲清輝發
裡裳霓見親如爭圓明
宮闕曾是客滿梁于
斗及能誰手賦里
轉参横香影下
如浮羅樹萬
中處雪采石波深璃臺在
清何人玉别樓秦衡夢
夜聞笛聞廣寒宮八
臺樓寶七千四萬
自媧皐綵石補
傳修斧玉剛呉在術天奔何
來爲問銀蟾幾株丹桂乍
和羲料影河山裁自手
未測亥步難猜誰知
得惹引胎氷様盤
自哀人間萬慮開每歓場得金
常增笛玉月對懐愁賞添波
圓人非昔壯把酒須傾三
兩風清趁能歌狂盃百
袖飛上蓬萊十二朱
掛來晚影花桃上飛朧朧闌宜鏡
栁枝高小院春陰冷長暑更照
紅下庭梧碧井金轆轤床銀
菡池邊夜闌人靜桂馥平
誰永宵頁五三樓西分
映光將滄海一輪氷剪出琉璃餅到
清雪嶺千梅玉天寒向勝偏來秋
澈天衢四時佳景欲上瓊樓間
樂平衣春情人感限無欲進京玉
花前酒夜艇陽紘下燈塵俗慮讓
浮對坐鏡如心淨品方上亭中可下朋
圖經卷一
基臺公人生

三〇八

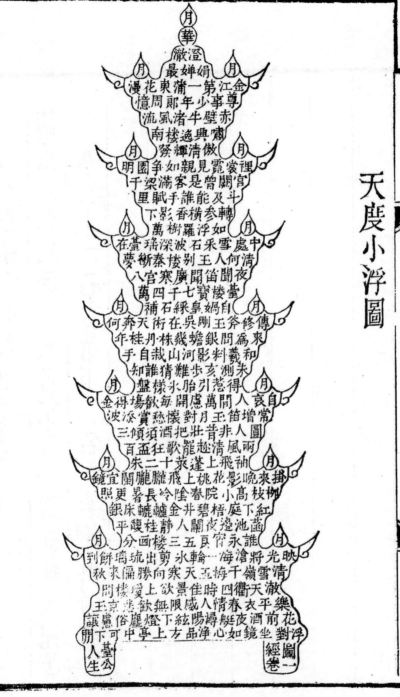

右咏月詞 酹江月　沁園春　燭影揺紅　鷓鴣天　以上各一調

讀法　橫行之字讀遇角卽向上月字轉下酹江月自月華起聞笛止沁園春聞廣起蓬萊止燭影揺紅十二起隹景止鷓鴣天欲上起卷經止共三百六十五字

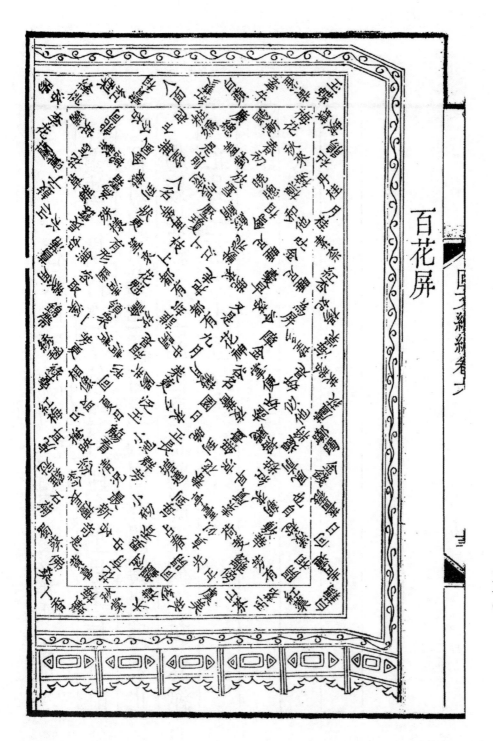

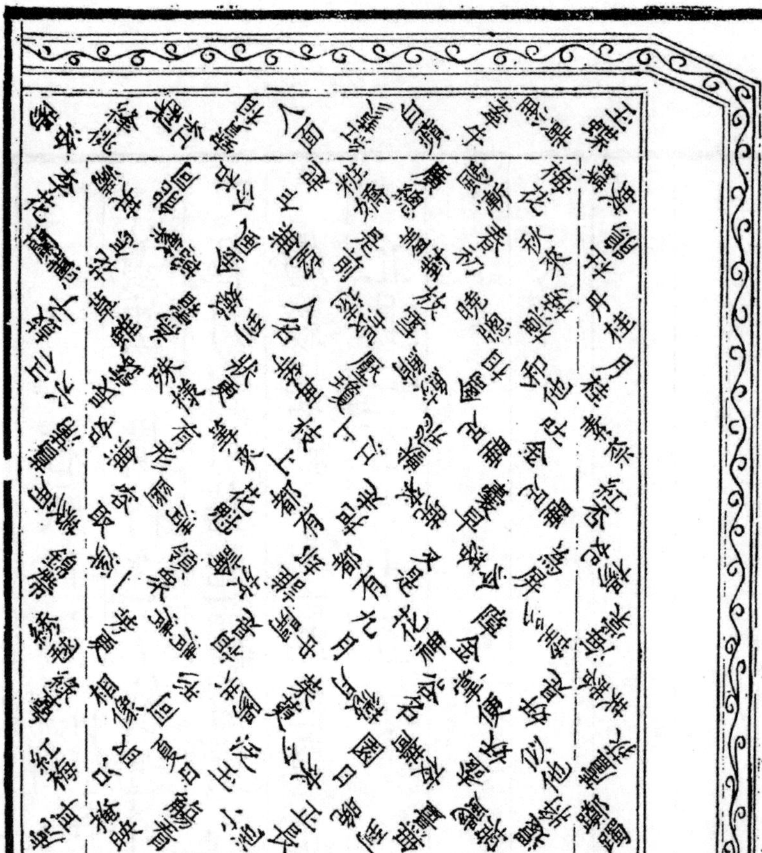

百花屏

右百花咏 南曲二套

讀法 分左右二幅每幅四圍近邊皆花名共一百種右幅步步嬌玉蝶梅花起相向止山坡羊日薔薇起罌香止五更轉每到春起籬傍止江兒水虞美秋紗起相像止黃鶯兒夏日小池起蘋颸止猫兒墜漸秋來起紅妝止尾聲還將蘆荻起洛陽止左幅自楝子花開起牌名句字與右同至出柳枝止

跋

荆溪紅友萬樹所著璿璣碎錦原有百種後

稿散失泥絮道人宏倫訪求得六十種梁溪
亦園侯君鏤版以行昔竇滔妻織錦回文一
圖而各體兼備玆以碎錦名者自爲非係全
端大幅也帙中取意繪形華麗奪目奇巧絕
倫但名類繁多未免間有觀美而詩與尋常
無異者是以稍爲刪減再此詩乃怨女騷人
之體裁道學家言似屬兩途亦未概錄其取
四十八種將順回兩讀者列於前交加借字
及屈曲成文之近古者次於後編爲四卷續
入類聚云玉山仙史識

回文類聚卷第六

回文類聚卷第七　續編

圖

玉山雜稿

回文作者甚罕曩余曾見明人百餘圖辭雅而極自然擬倣從容假錄值事未果迨後不能復購暇日追思偶倣數幅嗣客攜示近詩中有是體形意與前見相同而題名各異者乃其不欲雷同歟余則一仍其舊不敢另爲名目也玉山

玉連環　太極圖　卿雲

蟠桃　壽登百二

玉連環　　玉山

展觀清容遠鑑明形

右鏡銘四言

讀法見第一卷內

玉連環

敦　直　靜　文　思　無　永　年

右硯銘

讀法同前

玉連環

玉樂有圓石堅文立

讀法同前

右端溪鼎硯銘

玉連環

莊

放　賓

密　直

惠　有

方

右印銘

讀法同前

玉連環

友筆須直書道題存

右硯銘

讀法同前

玉連環

生息備文監圖利民

右錢銘

讀法同前

玉連環

輪錚撲玉文且郭圓

右錢銘其二

讀法同前

玉連環

芳濃筆韻香發硯潤

右浮春硯銘

讀法同前

玉連環

一　信　明　文　璽　則　璽　敦

右印銘

讀法同前

玉連環

長　首　廣　壽　頁　靈　爽　流

右九疇硯銘

讀法同前

玉連環

豐兮利豐常兮貽貨

右鼎硯銘

讀法同前

玉連環

平不示几清安宜體

右書鎮銘

讀法同前

玉連環

辨印章信展篆明不

右印銘

讀法同前

玉連環

安 職 守 仁 直 德 宣 民

右印銘其三

讀法同前

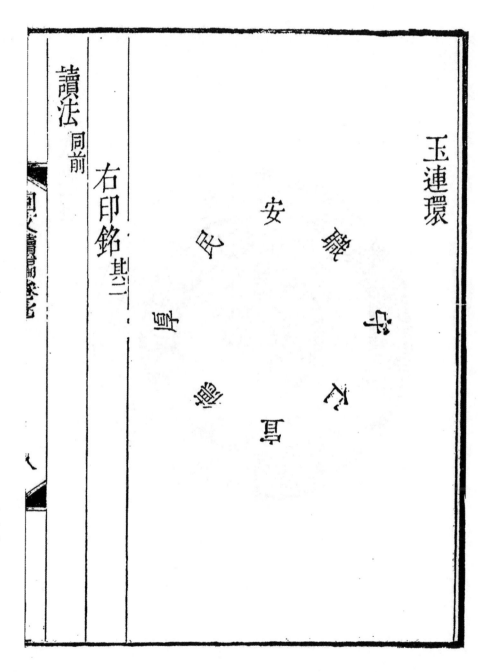

太極圖

右春秋閨詞七言四句順回讀四首

讀法　陰字從上接風覺字左旋向外層陰處連讀至房字止又從房幽字照前回讀轉內至風陰字止陽字從上接春應字右旋向外層陽處連讀至深字止又從深幃字向內照前回讀至春陽字止

卿雲

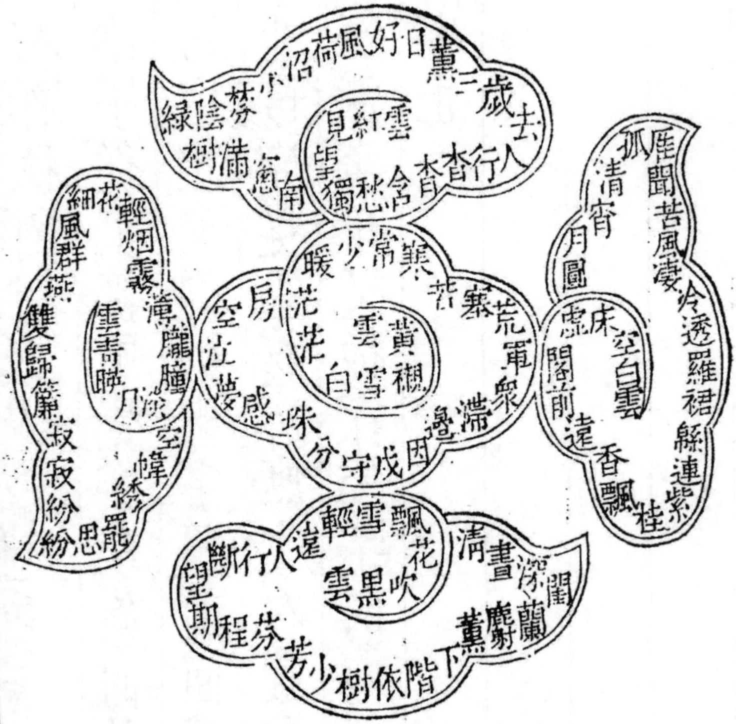

右閨思七言四句順回讀十首

讀法　分東南西北中五處讀東首雲接處空幃起左轉至內青雲止又從雲青起回讀至幃空止南首雲接處南窗起至紅雲止又從雲紅起回讀至窗南止西圓月起北淸晝起二首右轉中房空起左轉餘俱倣此

蟠桃

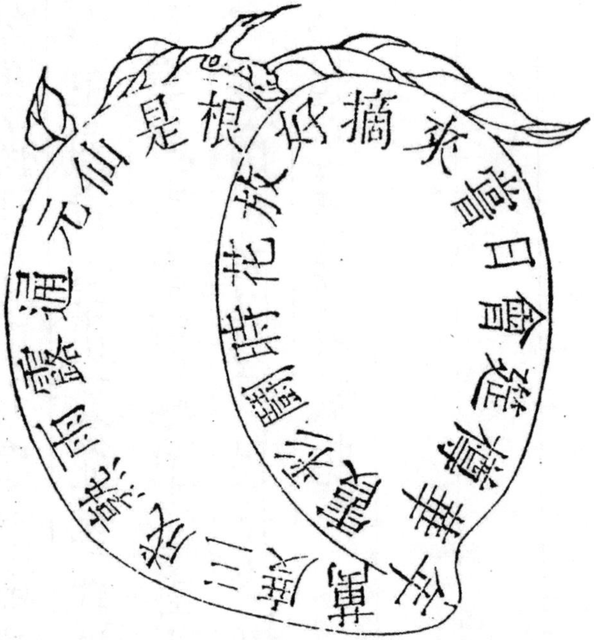

右咏桃七言四句順回讀一首

讀法　從蒂邊根字起左旋至中間直痕下彩霞止又從霞彩字向上右旋繞至左邊根字止

壽登百二

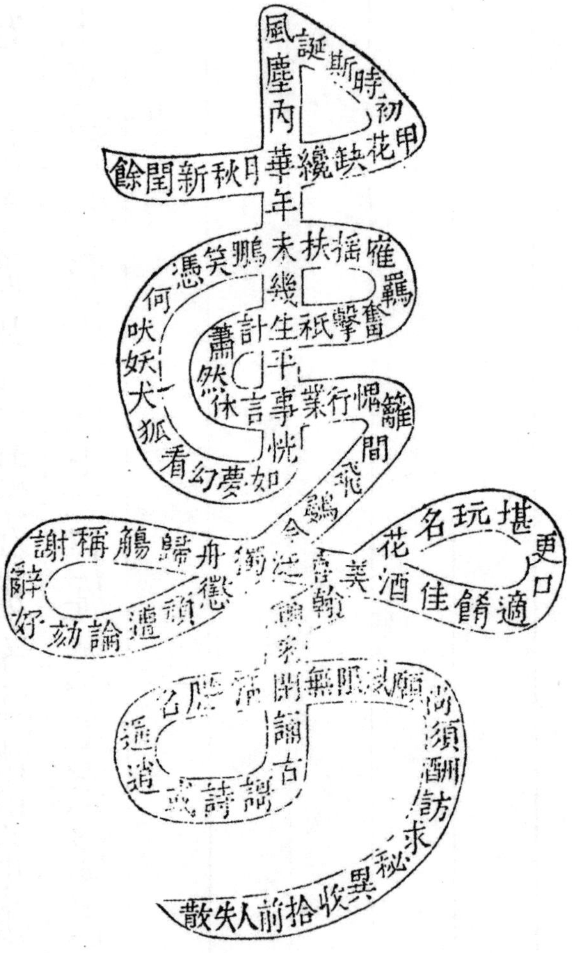

風塵內華年
誕斯時初甲花缺纔
餘閏新秋日
雁搖扶未鵬笑憑
何吠妖犬狐看幻夢如
鷗奮擊祇生計蕭然休言事業行愶籬間
幾平恍
飛鷗今
謝稱觴歸舟
辭好劾論遣頒懲
衡迁奇美花名玩堪更口適餚佳酒
翰論來
顧貺無開箔歷名
遙逍
論古謌詩成
尚須酬訪求秘異收拾前人失散

右自壽詞長短句調如夏雲峰

讀法　發筆處起至收筆處止中間華未生事獨美閒七字交加讀圖內現字止一百十三以成誦計之共得百二十之數

跋

漢蘇伯玉妻作盤中詩後回文之體遂興惟晉竇滔妻織錦璿璣圖爲古今獨絶歷代作者莫之與京然奇巧雖不相及而此體源流難廢故宋之桑澤卿纂有回文類聚今流傳久遠俗刻謬誤後作未備玉山仙史搜羅收

拾集爲續編嗣君將次鏤板余徃閱仙史著作中亦有是體因取所見彙成一卷次於諸圖之列俾詞壇韻士知前後各家而外尚有擅長之搆且讀其所著郎可見其續編之權度云爾青霞居士題

回文類聚卷第七

回文類聚卷第八　續編

江南朱象賢集

詩

唐詩八首　宋詩二十一首

元詩一首　明詩三十五首

國朝詩三十一首

閨情　唐徐夤

飛書一幅錦文回恨寫深情寄雁來機上月殘香

閣掩樹梢煙淡綠窓開霏霏雨罷歌終曲漠漠雲

深酒滿杯歸日幾人行問卜徽音相望倚高臺

春日雪　潘孟陽

春梅雜落雪發樹幾花開眞須盡興飲仁里願同來

和前　張薦

遲遲日氣暖漫漫雪天春知君欲醉飲思見此交親

春日雪酬潘侍郎　權德輿

酒杯春醉好飛雪晩庭閒久憶同前賞中秋對遠山

四時詞　薛氏

春

花朶幾枝柔傍砌柳絲千縷細搖風霞明半嶺西斜日月上孤村一樹松

夏

凉回翠簟冰人冷齒沁清泉夏月寒香篆裊風青縷縷紙窗明月白團團

秋

蘆雪覆汀秋水白柳風凋樹晚山蒼孤燈客夢驚空館獨雁征書寄遠鄉

冬

風捲雪篷寒罷釣月輝霜柝冷敲城濃香酒泛霞杯滿淡影梅橫紙帳清

上元　　宋　東溪先生

情感此宵元切恨遣懷高唱一聲歌清澄月滿鋪逵路烜赫蓮開未綠荷觥酒滯時追伴侶袖香凝處想紈羅更深候望遥腸斷爽約人歸不我過

春晝　　李濤

茶餅嚼時香透齒水沈燒處碧凝烟紗窗閉着猶慵起極困新晴乍雨天

四序回文十二首每時各得三絕

宇文虛中

春

短草鋪茸綠殘梅照雪稀暖輕還錦褥寒峭怯羅衣

翠漣氷綻日香徑曉多花細筍抽蒲容長條舞柳斜

折花幽檻小傾酒綠杯深蝶舞輕風曉鶯啼老樹陰

夏

翠容圍窓竹青圓貼水荷睡多嫌晝永醒少得風

和

草徑迷深綠蓮池浴膩紅早蟬鳴樹曲鮮鯉躍潭

東

暴雨隨雲驟驚雷隱地平好風揺箑透輕汗浥氷

清

秋

晚日欣簾捲涼風覺袂揺遠吟高興遣長醉宿愁

銷

短葦低殘雨虛舟帶晚潮斷鴻歸暗浦疎葉墮寒

梢

慼慼蛬吟苦菼菼水驛孤日銜山色暮霜帶菊蔌
枯

冬

鶻徤呼風急烏啼促景殘窟深宜兎蟄蒲折蘆魚
寒
裂瓦寒霜重鋪窓月影清滅燈驚好夢孤枕念深
情
秀柏留隂緑芳梅蘸影斜溜簷冰結玉裘樹雪飛
花

回文二首　張斛

野曠悲行客湍驚礙去船夜江清汎月秋草碧連
天
綠逕斜縈草紅蹊繞落花曲池風碎月欹岸雨摧
沙

回文　楊雲翼

梧井落花秋寂寂竹窗搖月夜沉沉孤鸞舞處回
腸斷遠雁來時別恨深

擬回文四首　蕭貢

春波綠處歸鴻過夜月明時飛鵲愁人去附書將
恨寄暮山雲斷倚高樓

樓上却來樓下待晚窻春盡斷回腸愁人有說嫌
人問淚灑新詩埽壘香
風幌半縈香篆細碧窻斜影月籠紗紅燈夜對愁
魂夢老盡春庭滿樹花
萋萋碧草連天遠杳杳行人幾日回淒雨晚涼空
坐久淚妝殘暈溼紅腮

舟行次周西園韻　元　陳深

遊遨適興隨幽境笑語相逢忽並船流急濺袍飛
帶雨岸回迷草暗浮烟樓高近水涵飛鳥樹密藏
雲咽恨鵑愁破已空尊酒緑醉吟同眺晚晴天

題青山白雲圖　　明寧獻王朱權

秋雲白處亂山青石澗横橋小草亭流瀨漱寒將玉珮翠巒含秀吐金精鳩鳴野樹疎烟淡雁過高峰落月明樓上不詩無興遣遠天連水碧澄澄

書懷疊字體

紛紛雨竹翠森森點點風光落綠陰貧恨苦吟窮寞寞亂愁牽斷夢沈沈昏昏嶺隔重重信渺渺江如寸寸心因有事情閒默默我於疎拙老駸駸

夜坐

籠烟遠樹見昏黃懶起鈎簾坐夜長紅落墜飛驚

烏宿松生月色竹生凉

絶句　　高啓

風簾一燭對殘花薄霧寒籠翠袖紗空院別愁驚破夢東闌井樹夜啼鴉

秋閨怨

人行遠寄寫情詩靜院秋聲恨別離新雁過時驚夢短塵窗桂影月遲遲

無題四首　　王褘

春

微醉帶歡春意足密期相會遠情多飛花落處焚

香篆乳鶯歸時捲幔羅

夏

風生竹徑迷深緑雨過蓮池浴膩紅銅鏡對妝臨
牖北練裠題字戲牆東

秋

芳謝菊葩含重露瘦侵梧葉着輕霜凉宵怯扇藏
紈素遠路將書寫紙長

冬

残雪喜傳三臘信早梅欣報一痕春寒欺獨枕鴛
鸞夢悶結雙蛾翠斂顰

曉行　　張淮

殘月落溪灣遠行客路還寒鴉宿古樹靜水咽空山巒翠露深淺嶺雲分曲彎丹霞暎赤日曉霽愛躋攀

牡丹二首

華浮月夜靜飛神妙出天工奪畫眞斜葉趁風搖翅蝶艷姿嫌酒病心人霞翻麗質晴烘日露浥微香暖涴塵家世古稱應獨魏花飄未盡占芳春

悠悠日轉九回腸怨入遥波碧草芳流水似情君行薄斷雲如夢妾心傷愁生嫩臉花增暈淚濕嫣

腮粉臙香樓滿月光淸夜永綢衾半擁臥空牀

訪友不遇　　張盱江

紅林半照夕陽斜晚經行來歸路遲空訪幽人無
渡覓野田飛鳥宿平沙

夜宿江館有序　　王濬

歲庚午歸至金陵寓新河客邸鄉友馮元吉誦
宋人周明老龜山回文詩命予兩和其韻以夜
宿江館爲題明老詩用意曲折命辭瀏亮信爲
難及矣但其中潮浪浦泉波水等字太多不免
重複旣曰綠水連天而又有雲接海之句則一

意而兩出矣當漁舟釣月之時又安得紅霞映日乎

潮生海岸兩崖傾落月江楓映火明橋透白波流水遠屋連紅樹帶霜清迢迢漏盡寒更曉片片雲收夜雨晴遙望楚天江渺渺芰蒲盡處落鴻輕

戲題　董斯張

樹動看風好簾開識燕飛暮愁春院靜孤影照空幃

四時詞和韻　田洙

春

芳樹吐花紅過雨入簾飛絮白驚風黃鎖曉色青
舒柳粉落晴香雪覆松

夏

瓜浮碧水涼消暑藕疊盤冰脆嚼寒斜石近堦穿
筍密小池舒葉出荷圓

秋

殘石絢紅霜葉落薄煙寒樹晚林蒼鸞書寄恨羞
封淚蝶夢驚愁每念鄉

冬

天晦臘寒朝閉戶雪飛風冷夜關城鮮紅獸炭圍

爐煖淺碧茶甌注水清

春意　失名

紅新綻蘂遶蜂游悄悄開簾掛小樓叢綺入春迷

錦艷玉香憐夜醉芳柔同心指月明圓潔轉面嬌

花妒嫩羞通岫楚雲輕夢遠東園勝美足風流

四時詞　失名

春詞

芳春媚色草蒼蒼秀水清溪曲遶廊簧囀巧聲鶯

戀柳月翻新影蝶來牆香風篆動花陰轉暮日斜

移鳥語忙楊絮亂棉飛徑白遠山青影碧紗窓

夏詞

涓涓露濕花窓北鼓閙蛙兮蟬似絃烟暎柳梢榴
暎日月籠湖内水籠天簾疎弄色含青草鼎古生
香散碧蓮閒裏夢魂幽枕石笛傳遥隴野郊前

秋詞

楓生遠接晚霞紅葉舞空林曲攪風鴻雁帶雲歸
古渚井梧移日轉危峰濃妝菊艷芳園内褪色蓮
衣泛沼中蓉暎水姿嬌娜娜小窓蓬壁咽寒蛩

冬詞

唇沾墨凍筆呵頻影弔形隨壁動燈明月滿枝梅

質瘦冷風敲韻竹聲清紛紛亂雪飄松徑點點飛
鴉度樹林銀砌白茅編室陋琴横夜靜歛幽情

春夜　失名

襟懷漫賦搆新詩院靜宜春愛月遲林遠綴霞紅
滐樹蕚香飛雪白垂枝禽鳴變韻和幽致草暎柔
芳弄艷姿吟醉倚杯啣夜月森陰竹葉綠浮巵

秋閨四首　沈宜修 名媛

秋暮愁行客日斜飛柳煙流雲歸遠岫薄霧淡高
天
花庭啼鳥亂疊恨鎖山眉霞落暎寒渚蝶飛驚墜

枝
釣簾暎皎月永夜簡奇篇幽徑竹花露石寒縈碧
錢
踈雨滴高樹細風飄暮煙初聞獨鴈過木落自年
年

閨思　　景翩翩 名妓

簫吹靜閣曉含情片片飛花暎日晴寥寂淚痕雙
對枕短長歌曲幾調箏橋垂綠柳侵眉淡楊繞紅
雲拂袖輕遥望四山青極目銷魂黯處亂啼鶯

春詞　　失名 名媛

花枝幾朶紅垂檻柳樹千絲綠遶堤鴉鬢兩蟠烏
裊裊徑苔行步印香泥

夏

高粱畫棟栖雙燕葉展荷錢小疊青腰細褪裙羅
帶緩銷魂痏淚滴團屏

秋

明月晚天青皎皎凜霜晴霧冷悠悠情傷暗想間
長夜淚血垂胸鎖恨愁

冬

天冷雪花香墮指日寒霜粉凍凝肥懸懸意想空

吁氣夜月閒庭一樹梅

無題　失名 名媛

羅香一幅半題詞月皦盟深刻漏遲何奈可沈魚與雁夢人愁念繫人思

秋宵吟　國朝 陳瓊僊

秋蝶

蒼苔膜頰醉霜紅淡影隨緣幻色空忙故故園開逕晚舞深深院隔簾風香鬢綴露丹含菊粉纈飄雲絳染楓房蕊覓芳尋去夢傷情夜冷月朧朧

秋郊

尋幽快語好朋逢謖謖寒濤亂壑松深淺綠烟村
草細淡濃紅葉隴霜溶林成潑墨鴉翻雨露滿愁
吟鳥雜蛩琴與杖隨歸步晚岑西返照夕樓鐘

秋興

嘈絃雜管試新腔劇飲清流月映江高枕石泉寒
奏響亂鈴燈搭晚飄幢濤箋雪舞飛香硯竹譜烟
描淡影窓豪覽縱情詩滿目舠移夜語雁雙雙

秋草

前川過雨綠簾毿力盡春風冷拂披烟圃散芳寒
遶逕浪茵浮翠密遮籬芊芊塵淚情今古纍纍芟

心痛亂離眠笛牧兒驅犢返牽愁客路獵歸旗

秋雁

函飛不到夢將歸望北悲鳴怨冷關帆送遠情孤
落影笛橫清淚暗沾衣巉巉嶺庋低雲塞瑟瑟蘆
搖白月磯杉樹幾驚寒陣睨唧霜帶字碧天微

秋懷

遊知倦矣老堪漁水際雲深竹覆廬樓倚獨吟孤
對鶴艇歸携酒換將魚秋聲萬籟松宜最白樹千
林月有餘休笑一身閒負却猶人不爲半生書

秋山

籐枯埽石枕烟鋪妙入詩題作画圖澄練幾層千
瀑掛淡雲如帶一峰孤僧歸送月扶藜杖客供分
泉汲茗壺凝碧晩樓空翠攬憑陵笑語落雙鳧

秋夜

蘿烟隔望峭峰低揻揻鳴柯動鳥栖梭弄月斜螢
影散角吹風起雁飛齊多愁夜入添搖落滅燼燈
殘半淡悽摩倦眼光星燭劒河山舊恨咽流溪

秋怨

巢歸倦鳥噪空齋怨寫閒情雁字排敲夢竹聲風
舞珮墮粧花影月横釵潮楊賦屈悲殊遇瘦沈愁

潘惜病懷坳半路埋霜積藥郊西策杖一琴偕

秋蟬

家移始見一鴻賓潔性多君獨苦辛遮月半林空逸響墜風將葉托輕身茶鐺沸和清音遠水澗幽侵冷韵新花樹桂寒高咽露蛙兼鳥語靜敲筠

秋風

簾花撲影颼輕雲竹徑虚疑獨到君帘弄晚烟深漠漠幌摇凉月靜紛紛添愁向老吹容鬢減德知衰改物羣簷馬鐵飛霜葉舞纖塵淨捲玉珂裙

秋聲

宵深唳鶴舞松軒樹際風傳靜裏喧瓢擊乍聞兼
遠柝轆鳴初聽近孤村潮歸夜半天疑雨響應山
空谷嘯猿蕉敗戰窓敲紙裂蕭蕭淚積點枯痕

秋月

輕舟一泛晚霞殘潔漢銀蟾玉吐寒楹倚靜陰移
洛樹閣涵虛白失霜巒清琴瀹茗和心洗韻竹敲
詩入夢刊驚鵲遶枝風葉墜聲飄桂冷露漫漫

秋霖

庭間冷鶴伴松關閣外烟迷竹逕灣青浴晚林園
漱玉響分遙水澗添溪冷冷霧障濃遮樹淡淡雲

屏暗寫山垧護綠疇寒隴濕停車遠客逐飛鵰

秋螢

飛燐閒碧點深泉腐屍新沾露顆圓幃焰夜珠移
角枕案然藜火暎緗篇輝流淡月斜痕界影帶疎
星小隊聯扉掩半軒空寂寂微燈弄燄冷窺眠

秋閨

蕪蘼怨別遠迢迢頻褪蓮殘柳褪腰途載雁書傳
塞驛枕分鴛夢記亭橋爐添暗獸香銷篆黛鎖愁

秋蟲

蛾翠淡描濡露玉階侵襪冷無眠夜繡倦燈挑

泥苔積逕老深蒿怨客羈魂斷續號西苑竹風悲
韻冷北窻蕉雨暮吟高谿寒偶語情誰恨砌敗傷
心苔爾勞颼蛩暗燈窺夢破雞聲數點淚沾袍

秋涼

晨兼夜雨滴衰荷爽薦風林浥露多新圃菊芳尋
蝶逕晚江榕影綉鴛波顰眉理恨敲釵玉怯夢知
寒掩帳羅人寢獨窺斜月小鱗鱗積葉響平坡

秋色

桐疎落日暎厨紗紫氣山凝暮染霞紅樹萬行成
綉谷碧峰千點亂晴沙叢芳隔水窺蓉淡老翠鋪

籬放菊斜弓月掛鈎簾影動風林埽墨潑栖鴉

秋雲

閒亭半落剪林黃片片霞殘覆古牆還去獨飛孤出岫捲收時載滿歸航山空幻態臨奇石水壓輕陰拂斷篁斑色五雲深處望攀爭試上幾迴崗

秋水

雯移淨鏡玉涵清綠澗生寒帶雨鳴曛晚織波浮錦荇岸深垂鈎繫絲樫雲流瀑影江分白月浸湖陰樹倚明芹載滿舟輕泛泛聞歌古渡遠潮平

秋露

鏄花浸影月含馨柳颭寒烟濕鎖汀繁樹玉香沾
蝶素潤痕苔草綴螢青園空浥淚飄梧井逕冷流
珠落桂亭門掩靜枝低壓竹藩疎映日湛晞星

秋浦

江橫雁影月移蟾岸拍魚驚浪颭晉雙塔遠浮烟
樹杪片帆輕疊水雲層缸微淡焰漁村夕客過停
沽酒市騰尨吠有聲無柝警艭寒載夢曉霜澄

秋香

開簾綉影暗花浮露浥清芬冷翠流苔困蝶殘蓮
墜粉樹藏蜂老桂攢毬來還去遠風飄細有更無

多月送幽杯泛菊芳寒滿座推愁向酒貰貂裘

秋旅

暮收靜夜竹流陰午夜清思怨寫琴羇夢有情通
雁塞斷腸無淚墮猿林悲蛩暗引初鳴葉承漏寒
驚忽報碪痴懶性兼多病客移花就月據牀吟

秋霜

封階玉暵澹痕蟾老盡鴛行綴瓦簷慵鶴立毒清
露凍濕鴻飛度曉風尖松凋晚翠寒凌谷菊試初
威薄透簾峰月墮鐘殘夢隕蛩悲聽徹報更嚴

秋晴

虛亭返照落松巖葉下霜乾草逕芟書展乍飛花片片社歸將别燕喃喃初凉夜月幽如夢過雨期雲薄似衫渠綉錦鴛雙浴日魚吹細浪織晴帆

絕句四首　　尤侗

罵雨春鳩雙喚哥朱欄六曲倚愁多嫁郎將甚消閒日畫閣妝成描翠蛾

儂儂歌遍繞園屏深院落花春夢醒草綠侵階閒諳繡小眉青怯小梅青

釵玉低垂雙鬢鴉綉衾半壓枕痕花佳人那荅相思夢來去行雲晚到家

鶯啼曉夢小樓西綠樹榆錢丟滿隄輕帶香吹風
細細杏衫紅過浣花溪

回文類聚卷第八

回文類聚卷第九　續編

江南朱象賢集

詩

國朝詩五十八首

題澹園雅集圖五古　張奕光

涼風來高梧園林此幽曠長溪水粼粼遠山雲飀飀良朋忻笑言好景快觀仰芳蘭箏巖石鳴禽聽下上囊琴携古歡歌詩爲宕放忘形樂主賓人各肖貌狀

聽馬廣文鼓湘梧怨

小院一留賓琴聲幾轉宛鳥飛鶯音哀魚遊出聽遠皎皎涼月明寂寂秋花晚遶座入烟雲亭松落照返

題北征圖 七古

蕭蕭風雪飛塵沙遨遊作歌長歎嗟腰懸劒光寒鐵冷驕馬嘶裂氷途遐驍騰羨君貌圖畫遥望北行悲老邁鵰秋搏兮別余話寥寂破兮鞭揚快

閒居 五律

午日坐軒東迴廊短徑通雨微驕樹綠花晚鬬霞紅鹵莽笑人世凝迂寄困窮杜蘅香挹細時立小

亭中

雪霽江樓晚眺

暮霽春消雪高樓望野汀露迷全岍白山露半痕
青度鳥寒波暎歸雲遠樹停佳舟江色晚煙起水
溟溟

白燕

身輕逐絮舞羽潔暎波流銀翦雙飛夜玉釵一墮
樓眞疑雪苑過暗覺月牕留春曉啣泥燕純姿少
匹儔

送人之閩

東去水滇滇送君將櫓停通衢一徑路險涉幾洲汀紅荔新堆市素蘭香滿町鴻飛繞岍浦目斷遠山青

秋日小飲

水池交藻荇籬竹覆花藤起看雲邊月深藏樹裏燈美人懷地遠閒事話親朋蟻綠浮樽滿清歌雅興騰

送李紫翔歸東陽

船開一水急掛席片帆輕天東雪雲白樹枯江月清玄譚憶娓娓別語重行行憐爾將歸遠烟生暮

淚平

哭先嚴墓 先嚴亡年五十余時十五

親亡痛五十暑酷憶成塋辛苦獨慈母困窮並弟兄春秋列祭祀墓表待褒旌新薦悲哀草潾潾水澗清

曉行

殘月落溪灣遠行客路還寒鴉宿老樹細水咽空山巒翠露深淺嶺雲分曲彎丹霞照赤日曉霽愛躋攀

梅

香暗繞牕紗半簾疎影遮霜枝一挺幹玉樹幾開花傍水籠烟薄隙牆穿月斜芳梅喜淡雅永日伴清茶

宿雲居山房聽雪

寒牕坐夜半響霰急空林殘葉山風捲冷泉溪月沈漫漫入隙小細細積堦深拚醉一天雪寢忘共詠吟

橫河月夜

凉影動星明碧空如水淸霜橋兩岸接月夜一河橫裳落槐花細漏催城鼓輕良朋快景好長話立

深更

題程立武小楷册

横箋小作楷古法運靈心清喜肉藏骨勁看綿裏針烹茶愛賞玩洗硯待摹臨名盛得年少精書學力深

坐放鶴亭七律

中亭小坐對山青白霧寒烟起晚汀風遞暗香梅放樹櫓搖輕葉柳牽萍紅牆短徑新開築碧草荒墳舊閉扃空望一湖春寂寂鶴飛無處客留停

岳武穆王墓

今古垂芳遺廟立拜瞻空悵一秦奸森森柏樹枝
南向凜凜忠魂夜北看心赤負寃沈獄死草青埋
骨痛殘碑欽嶽是日無家返深怨讒書封蠟丸

讀霞舉堂諸詩

牆東隱士名傳盛錄選新詩幾贈予香徑草深泥
屐齒曲欄花墜月總虛忘年老友邀酬倡得句奇
雲看卷舒廊廟辟書徵應未紬縑托跡溷漁樵

春雨

花落又愁春日去雨多偏厭聽啼鳩斜風舞燕憐
毛濕軟草藏蛙喜水流賒酒有時留客醉撫琴無

意寫心憂紗牕曉暎垂垂樹坐向南山青滿樓

送人歸嚴陵

風帆一挂輕舟去永夏長江照日曛紅灼灼霞朝暎樹白層層浪暮疑雲空臺釣客無船泊小縣桐溪有水分通夢兩心愁別話促裝歸里故思君

題樸巢園遺卷

深深樹裏雲藏屋石几橫開一卷詩吟咏半愁緣旅客兩圖留跡寄迂癡禽鳴晝院春歸夢月照梨花雪滿枝琴碎久悲人蚕逝小牕閑玩把君思

螢火

叢花點草碧飛飛幻作明星亂照衣風落樹來飄
近遠月移牆去看疎稀空樓畫壁高看亮細火流
總半弄輝終夜坐余愁散懶東林一步漫吟歸

鷓鴣又名逐影

冥冥晝樹萬山齊逐影禽同錦翼雞汀柳暗時晴
雨喚岸烟籠處暮朝啼停車客起思鄉遠罷綉姬
愁別語低醒夢曉來聽轉婉北郵飛過叫村西

拜柴虎臣墓

幽林萬樹曉含煙寂寂松墳拜肅虔秋早望歸思
鶴化日前聞葬卜牛眠流風墜地埋冠履祭祀崇

祠薦豆籩丘隴行吟悲物感楸梧冷露草芊芊

夏日喜客見過

牆半紅榴照日斜客來欣話對牕紗長離别後會時少好句得來歸路遐深繞衆雛新出燕屋遮半樹老開花黄梅正值纔初夏永日談詩把手叉

題吟詩秋葉黄圖

黄葉秋飛亂下林短衫青暎樹深深長溪碧草連天遠曲徑花籬覆柳陰囊貯詩時隨遣興手拈鬚坐靜哦吟莊村水隔横橋小眺晚欣余過訪尋

隨師閒步東臯

東樓戍角吹殘日執杖將從過野田紅樹掛籐秋
結予白烟浮水晚連天鴻飛見字斜行欵鶴唳聞
歌清管絃空碧淡雲閒看緩朧朧月印半灣泉

蝶

林園逐隊幾翩翩撲盡花心春却憐深院梨枝寒
入夢小牕梅影瘦含烟臨池水暎雙雙翅滴露秋
驚栩栩眠陰砌石欄長結伴粉飄輕影趁晴烟

初夏一橋小憩

閒雲看我停橋半綠草芳湖一望平山遠聞鐘敲
古寺塔高遮日照孤城殷紅落徑花飛暖軟翠浮

烟柳放晴還路別尋幽徑曲石欄長繫小舟輕

郊外即事

東城過雨飛城北水浸平橋石柱無紅蓼灘頭船泊岈白雲嶺上樹啼烏風敲竹閣鈴搖響霧起山樓客坐孤空望一溪漁火遠夜深吹笛聽嗚嗚

湖樓作

舟停喜上湖樓坐画入青山碧水圍幽寺出鐘鳴度嶺遠堤垂蔓細牽衣鷗浮狎浪翻魚小絮落迎風帶燕飛留久愛看斜日晚白雲連樹暮烟微

月夜泛湖登烏石峯

西湖一艇泛深夜結伴山房松徑幽低柳綠穿螢火細遠峯青暎月波留迷離樹影高移岸斷續歌聲清出樓栖鳥驚呼船泊纜半天空碧漾雲浮

過徐紫凝

低橋小徑竹林幽綠蔭松軒抱水流溪漱泉聲清入夢雨飄荷氣馥盈樓題詩寫石青花硯挈榼遊山黃葉秋啼亂鶯時君訪我西湖一槳盪輕舟

和孫半菴自壽詩

傳經一德世無非脫灑心身隱石磯筵講侍兒紅揭幔譜歌催酒綠沾衣穿池水暎雙鸞舞出岫雲

隨獨鶴飛全行素稱人友孝年年事母供鮮肥

題夢游天台圖

石梁橋挂飛泉急奇夢君遊秋與春隔澗千桃紅簌簌平山萬樹綠甡甡闢開圖徑人間世舒卷雲閒物外身策竹携筐將藥採碧溪仙洞石磷磷

曉過宣何嶺排律

寒風幾露白曉發正雞鳴酸鼻風飈冷折腰客轎輕殘星看隱隱起鳥聽嚶嚶湍急流泉響嶺高落月明蟠虬老樹古險石怪松橫難路行歌緩安居豈計程

擬曲江宴紀恩八韻

春遊賜進士設宴曲江横晨麗日浮水遠飄雲颺旌塵香走駿馬柳密聽鳴鶯珍錯羅盤鼎使歌呈管笙人才得濟濟爽氣露英英銀筆揮詩賦綵旗遮仗迎新恩樂醉酒迴塔愛題名辛苦酬勤學甄陶荷聖明

禹航舟中作

東行又過一橋斜纜急牽舟劃淺沙紅葉秋林霜染岸白楊殘寺暮啼鴉篷低側坐人看醉栢熟新枝樹放花空際遠山青瀝瀝望中遙店客家家風

迎竹響瀟瀟雨日暎波搖淡淡霞通縣小塘平箭似濛濛水路接天遐

古別離 五絕

郎念妾居家妾思郎去遠長亭與短亭離別苦天晚

關山月

明月照空山遠行夜上關情知獨夢醒枕染淚斑斑

折楊柳

柳枝一贈行傷悲重墮淚舅姑兩衰年望遠將門

倚

題明皇並轡圖

獨占君恩寵春遊曾並轡僕僕走山川何爲乃棄
置

秋夜泛湖

篙撐一艇小淡月秋波灝高樹閣疎星細螢依亂
草

姊妹辭

看花將姊約新粧妹起曉半夜夢人歸低聲語悄
悄

採蓮曲

採蓮將伴結紅花插綠鬢載船把郎呼轉愁郎錯認

獨酌

松風聽謖謖月浸草堂斜儂醉一樽酒菊開半朶花

泛舟橫塘 七絕

黃葉村鄉幾遍遊細香飄岸稻花秋茫茫水渚連雲白小艇橫塘立鷺鷗

紡績娘

蕭蕭絡緯織更深女婦悲秋感淚淋銷盡蠟紅殘
夢醒剪刀寒冷夜沈沈

東陽道中

東流澗水碧灣灣別路村橋小徑間紅簌簌花霜
滿樹白層層霧曉連山

村居

陰陰柳徑小橋斜酒買一村山路遐尋過遠洲芳
草碧鴨頭船放春溪花

宿東陽署樓

樹隱紅燈花照樓殘更坐聽客生愁露寒凝草堦

侵月飛雁一聲無意秋

江行

叉丫老樹橫橋小冷入秋江半護雲斜望一天連水遠短篷孤棹暮烟分

上虞訪友不遇

紅林半照夕陽斜晚徑行來歸路遐空訪幽人無渡覔野田飛鳥宿平沙

秋蓮

蓮放秋池曉露寒盪摇紅影飄風急烟含波面水濛濛拳足一鷺雙塘立

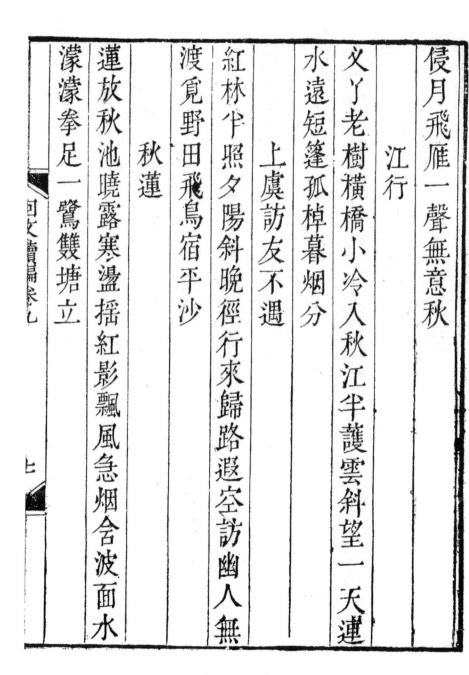

友人讌遊湖上遥和

西湖是處好留停水碧圍山列翠屏題咏遍傳還醉酒落陽斜照柳梢青

孤山尋小青墓不得

孤山一望在湖西漠漠飛花柳岸迷無處是墳空覓遍遠雲殘樹野烏啼

咏紅葉押紅字

霜林一望遠叢叢冷作秋聲樹鬭風狂咏客亭閒把酒愛看都是晚霞紅

秋日同人園亭讌飲

霜染紅花石砌陰滿園芳樹橘懸金良朋快聚忻

秋晚白露凝寒月照林

回文類聚卷第九

回文類聚卷第十 續編

江南朱爲賢集

余客武林偶作香奩六十四詠題與詩俱屬回文聊藉自怡既而以題句渙散乃復綜其目集成一詞因概之曰春閨花月詞云集成之詞已作題列不復重錄

春吟獨酌小窗幽

華春惜物詠詩工韻步閒吟小閣東茶煮夜煙沉院竹硯飄時雨過窗桐花生粉面三分白酒濕朱唇一點紅譁隔遠塵香踏玉紗廚透影碎簾風

影對寒燈一結愁

卿居別苑小西湖薄命人悲自向隅淸影妾知方照燭煖心郎比那薰爐名成爲恨留花譜面對如

看入畫圖更盡夜含雙眼淚情深感泣復還珠

鄰女倩妝停繡彩

東鄰女過晚慵妝繡罷仍拈恨線長絨嚼碎霞春

茜色鏡開新月夜涵光紅顏玉盞三分酒紫鈿金

鑪一炷香風信惜花看去倦桐窗倚醉獨吟芳

管弦新學見人羞

湮湮夜雨灑簾旌袖裊餘香艷惜聲唇動暗歌時

曲細眼擡偷見晚妝輕神情寓意深調瑟語笑迎

歡乍弄笙新試巧音嬌澀指人憐弱柳暮啼鶯

節按曲聲金滴滴

情牽若斷藕絲縈滿地飛花惜碎瓊輕膜玉音纖
弄笛脆簧銅韻細調笙聲形辨去吟長短舌齒分
來叶仄平生寫畫工難著筆明妝寶色月盈盈

嬌語解花春寂寂

廊迴映水碧波清遠樹煙開驟雨晴長袖倚風隨
柳弱素衣翻翠疊雲輕香憐繡閣花憐色影息幽
窗竹息聲涼夜深吟人默默妝成不語自含情

月夜深吟自番愁

年少惜花春恨添剪裁慵坐獨垂簾煙凝素手纖
縫練月對幽怨細織縑傳語得情疎硯墨贈詩無

奈近香奩仙遊弄玉秦鳴鳳天貯愁人伴老蟾

愁深畏聽人吹笛

悠悠憶遠夢生蘭好曲憐人幾罷歡幽徑柳含春

水綠碧窗梅鎖暮煙寒愁添繡袂衣雲薄淚濺香

函枕夜殘樓臥獨悲聲裂石憂時一聽一心酸

亭間竹玩自題詩

菁菁竹墅小窗明月夜吟來寄遠情聲過燕如聞

細語影飛鴻若見遲行清香暗燧穿芸晚碧沼微

瀾墜柳晴鳴玉雜環金落索名花譜上馬卿卿

影弄花陰月伴癡

東窻小立夜淸淸曲徑依欄玉珮鳴紅襯綺羅輕

染色碧凝煙水遠遺聲同心兩結花拈笑共影雙

留月伴情工巧自然天質素風乘我醉入飛英

靑靑踏去閒遊騎

晨花數徧踏芳芬半寸紅尖出練裙人醉看山靑

到酒女遊乘騎白如雲新妝倩去吟聲細淺笑扶

來逐隊分嗔見面霞輕斂袖頻頻顧影惜離羣

袖斂輕歌贈別離

晴初玉蘂半含煙色唾新霞晚襯妍情送眼波秋

送遠恨生眉語夜生憐笙吹細韻脣依齒曲奏低

音管和絃明月對花攜共飲輕衣短袖襲香蓮

慘慘歌音簫贈荅

眉攢淺黛兩煙分綠映蕉窗倚鬓雲詞會素心深
會意曲生情語媚生文脂含半笑卿憐我指弄纖
音妾愛君池上月依人影瘦吹簫和泣訴聲聞

攜人倩影花憐踏

東蹊語笑共聯肩踏踏歌來步步蓮風信始晴花
墜露日臨初煖玉生煙同心一結分羅袂並蒂雙
簪壓翠鈿紅碎蹴尖鞋繡鳳弓移弱影小飛仙

濃濃情味細嘗詩

遲遲出戶啓新妝鏡照斜窺故問郎癡我似葵丹
向日瘦卿如菊白凝霜奇香得茗求泉試異味知
花覓露嘗綠斷煮蠶冰繭碎詞嗔苦句續心傷

圖畫展愁閒倚榻

紋綾若水接煙蒲片片寒花到月孤裙擘效歌酣
擊箸珮留欣色媚懷珠雲飛白練秋書願葉落黃
山晚繪圖熏袖縮香餘半榻紛紛惜翠映流蘇

斜月當窗夜煮茶

寸愁獨夜擁羅襦椀漱餘香味覺殊徐疾辨聲泉
沸閙煖寒知候火炊鑪爐邊竹壓煙籠玉月底花

翻雪湧珠書架半窻閒對坐蹤情孰念舊眉圖

水臨花檻半欹霞

鴉鬢疊煙籠翠翹鏡銅秦鑄夜顏嬌花籬過盼低回眼柳徑潛行暗轉腰霞變晚雲聯岫遠日涵春水碧天遥紗簾透影人依玉華蕚看深苧綺寮

花落悵深琴寄恨

文君繡罷理絲桐指半餘音寄遠鴻雲變盡看新髮白玉埋長恨舊顏紅芸含薄縷衫穿月麝汪輕羅褶透風分袂惜花春却老憧憧自隱小牆東

永夜懷人感歲華

囊携好句得閒工詠筆停看遠樹紅黃菊晚嬌花
泣露碧梧秋老葉悲風蒼蒼石壁橫煙斷靄靄雲
山疊翠空長劒倚天霜冷月鄉思一語寄歸鴻

書枕自眠春倦酒

深情贈語若蘭馨好夢人依半醉醒今古博觀春
案雪史書勤讀夜囊螢陰陰綠草生奇石綻綻紅
花插小餅心悄畫圖看欲倦琴橫一榻臥閒庭

面如花瘦腰如柳

風和惜語倦殘春遠夢隨君憶苦辛鬆鬢綰雲眠
月夜素心凝露泣花晨紅脂落盡香梅老綠黛分

餘嫩柳新同笑強持難照鏡蓬飛亂影瘦憐人

裾曳閒遊過小園

陰陰綠柳苑歸遲曲徑低回幾步移深恨寄人悲

藻麗素心酬我贈花奇襟披一水春憐媚袖縮雙

雲畫寫癡音叶句成書賴細臨風愛竹數離離

與幽適癖成花友

東苑落花飛滿蹊軟鉤蓮底粉沾泥紅桃玉惜鶯

深啄碧樹春吟鳳穩棲風咽石音松徑曲雨含煙

影竹軒低叢蘭小立羞人見容自閒來聽鳥啼

春惜花陰竹繞亭

來青小閣幔褰紅袖綰輕羅綺襯風梅落惜英飛
曲徑籜殘披竹亂幽叢胎含碧露凝香瑲玉聳寒
烟襲翠空臺半月陰春蘚綠閒窻一語寄詩筩

夜深聞瑟奏湘靈

絃聲一聽似深山渺渺人歸贈珮環箋寫淺愁和
露冷玉敲清韻入雲閒憐猶見妒花分色好更看
嬌月比顏天映水靈湘鼓瑟煙凝竹淚灑斑斑

人歸待夜虛衾枕

鴻驚顧影失寒煙雁帶歸雲薄暮天風斂竹陰清
伴榻月沉松韻素揮絃紅衫著體春憐瘦綠鬢簪

花晚惜蔫逼聲暗傳輕語細中心入夜一旌懸

恨別春深倚畫屏

飛飛燕語倦人思絮落風憐又別離微意天心波

弄影亂痕煙際柳牽絲幃屏映日春開畫錦繡如

雲晚人詩衣寄幾時來薊北歸期未定更何爲

前庭繡罷數歸鴉

前庭繡罷數歸鴉冉冉輕飛點點霞肩泊晚風翔

袖練面侵斜日映窗紗卷卷自悵書屏畫默默人

愁語徑花天暮悵深春北望憐生倦眼入煙踪

晚妝人見影窗紗

明窗映雪透澆紗喜見人名小麗華鶯語似歌疑
聽遠蹊飛如舞若敧斜清涵沼月籠寒霧翠疊山
雲斂暮霞迎笑帶煙凝碧水橫簪寶髻一攢花

煙過遠山青擬黛

西軒坐倦聽鳴鳩路隔溪塘過雨幽隄柳拂烟春
入夢徑花迷月夜懸愁悽含靨暈微舒笑語結眉
灣半引羞低染黛螺如遠岫萋萋緣草惜閒遊

月依情態媚憐花

箋雲詮意託歸鸞水碧怡情解佩蘭烟化夢深愁
玉碎月藏人拙計花殘憐生又過聽鶯館怯避剛

來鬬鴨闌眠柳似分春影瘦鮮衣濕露惜叢寒

席花延月乘虛步

江濯錦霞看與偕我人扶立悄兜鞋雙雙璧玉連環珮縷縷金花並蒂釵窗透碧紗敧影媚月留清夜語音佳降心我郄輸瓢樂缸滿春雲緣滿階

濃陰讌詠春憐暮

平橋遠水帶煙輕柳徑三春暮囀鶯聲斷玉鳧憐瘦影夢分香蜨愛癡情生愁畏去看花落緩步閒來伴月明清夜詠成詩限韻傾尊一笑醉貽瓊

惜剖雙生並蔕柑

凉生異味共新嘗齒濺微酸壓黛長霜破晚叢丹
結子露凝秋實紫含漿貴羅袱貯雙姿羨碧玉盤
分一瓣香郎贈合歡春釀酒傷心暗剖惜芬芳

梅妝倩笑凝脂素

嬌助艷香花助詩粉郎何惜更調脂潮紅散頰吹
風細麝暗沾衣襲露滋貂御煖幃褰玉軟鴨偎寒
袖縮雲奇瑤英贈語分環珮邀醉春山遠畫眉

臨水春憐自縮雲

顰含自恨舊題詩漠漠情生片溯池春病爲花看
却瘦夜愁因雨聽偏凝人憐嫵影嬋分鬢妾愛柔

波翠斂眉新髩並頭梳緩緩神傷一縷一悲絲

畫成詩句韻成文

帷披靜夜此誰知好夢留人倦起遲眉柳蹙煙分

淺黛額花沾露濕殘脂池當遠岫春臨畫枕就閒

窗晚賦詩凝若淡雲愁脈脈減情風味幾銜卮

深深夜繡閒窗佛

紗窗透月慧生芸細細傳音妙語聞茶碗半添禪

悅味帕羅新受戒香熏花幡繡靜燈燃夜錦貝翻

閑衲補雲家出勝心慈結念華鉛洗盡典釵裙

鏡對寒花惜夢分

鸞鳴一鏡寶妝開髻綰低雲翠壓堆殘夢曉迷煙
徑竹冷香清逗雪窗梅安吟小字留花檻臥起閒
情得酒杯難撇兩蛾愁寫黛寒生又怯避高臺

分夢曉煙含藻香

羅綺拂塵香滿樓砌花臨榻下簾鉤波横遠翠環
橋曲雨帶寒煙入徑幽螺黛減妝勻澹澹簡籢餘
恨寫悠悠娑婆樹老蟾宮月多病春添暗裏愁

月臨花榻半生凉

蹣凝幾點淚沾巾幅半裙腰瘦減春幽語贈花憐
弱體素心棲月惜閒身秋雲白社詩留客夜雨紅

樓酒醼人愁盡未消香榻病悠悠思遠夢來頻

雲卿畫筆銜脣小

粼粼碧沼墨塗鴉麗藻含煙竹倚斜嗔見靚妝臨
鏡玉慣耽嬌病掩窻紗春長喜坐人留月夜静閒
吟自對花眞語寄情深入畫貧愁莫詠一天霞

淡寫秋英素愛黃

霞心似玉惜居貧菊斂霜容自寫眞花詠舊愁悶
伴月竹移新影媚生春紗裙浣水溪憐潔練袖凝
煙柳寄嗔斜照晚雲晴樹遠鴉鳴一鴈過寒粼

苑柳深眠人罷浴

橫波綠映柳絲絲翠黛分來染秀眉情定爲詩新
有約語傳因夢遠無期明窗繡倦春眠早薄鬟梳
慵晚浴遲英落襯霞紅隔幕晴煙裊月弄柔枝

鍼停語醉春妝束

嚬含淺笑半凝脂體勝輕衫薄醉時脣合齒音低
作語線穿鍼眼細抽絲人間屬意留詩賦事韻成
文共酒巵春釀雨花天布錦新妝晚見又憐伊

晚眺春山遠憶人

粱高語燕小飛輕柳徑餘音笛送聲芳草綠深春
水隔遠山青斷暮雲橫長愁怯瘦吟花落冷韻依

殘傍月明妝罷自憐人默默香飄塲地兩多情

鴻歸贈句敲窻綠

風流欲語笑盈盈綠鬢雙眉黛染輕紅雨夜殘花

惜影碧煙春泠月怡情桐窻小憩閱書素竹徑深

吟叶韻清鴻鴈寄詩能不恨空幃繡罷聽琴鳴

閨書附語致鄭傳

箋題小楷細行行默語含毫惜夜凉綿減舊情春

體瘦線添新夢午愁長鈿花點映紅輝燭帳錦縈

消碧燧香傳使附書情亹亹遷延恨折九廻腸

夜上燈花惜欲眠

驪歌聽盡怨來遲半過春寒暖自知絲亂攪腸縈別恨燭殘零淚和愁詩脂微映玉雙勾靨黛淺橫波兩蹙眉枝上月明分夢婕期歸卜夜問還時

酣睡半驚春夢遠

多愁拊枕薦瓊芳子燕棲飛學繞梁波漾柳梢眉斂翠影留花畔體生香莎煙寫盡難懷遠牖月吟深轉恨長羅被冷迴驚夢短歌聲一串雜鳴璫

舫坐人歌晚吹煙

晴花映袖錦翩翩弱手纖音弄管絃清韻玉顏慚帶笑細聲鶯語媚生妍輕帆挂月春流藻短棹橫

波晚入煙平放一舟隨浪軟情深逐水詠漪漣

詩畱女伴詰花晨

亭閣一水隔溪東地僻居人近雅風青翰染雲畱

苑竹緣天分月到窻桐萍浮亂躍魚遊沼絮落輕

飛蜨舞空屏畫展詩新詠夜停車小飲醉香紅

壽祝華堂錦晝春

椿萱賦罷讌高臺內助賢名舊重推人望續成雙

立玉世稱聯捷二鄭才頻頻放鴿分畱去款款攜

鳩策徃來新詔鳳書函字錦綸恩得喜近妝開

私語小窻閒惜玉

飛雲帶鳫過亭東冷露含花近臥叢衣錦摺香微
映月袖紈敧影瘦臨風非煙惜老春煙碧小玉憐
深夜玉紅扉掩自吟閒倚竹依依柳篆類書蟲

錦箋書句贈歸人

春初別夜驛停車訊問徐娘謝寄書塵雜飯筵當
紫袖粉沾香帙贈紅藻人歸惜月吟腸斷客過憐
花到眼虛身託醉鄉柔若夢新詩賦罷寫愁餘

媚如晚煙春倚翠

紗簾隔柳綠垂塘曲水春煙半繞廊鴉髻並頭搔
玉紫雀環連索落金黃花寒襟袖衣分色月冷攤

衾枕透香茶沸晚窻閑倚笑霞攲艷擁坐書床

花飛擁坐人憐醉

茵文濺綠染晴沙席坐人歌擁鬱華春減瘦腰柔

若柳月臨嬌面醉如花眞眞寄恨書屏雀惜惜閑

愁理鬢鴉顰翠淺含輕語媚新妝晚酌一觴霞

醉娥春夜試新歌

清歌一轉暗魂消嫋嫋餘音鳳引簫情淺淺含春

影媚語深深醉夜顔嬌明珠綴鎖金纏臂彩貝懸

緣玉繫腰聲豔鬬來翻曲細輕煙襲綠柳垂條

梅放半山孤鶴唳

晴煙晚渡一舟横鶴睡閒亭半落英輕翠疊峰奇
壘石碧流臨屋小編荆情含若味香濃淡影見猶
分色淺清名著宋時林處士月留花畔水盈盈

春懷歌罷舞盈盈

和雲抱月共依依紫鈿金翹翠擁團螺黛舊供愁
記斛箔簾新製笑分衣歌憐細齒香含玉舞試纖
腰瘦著緋羅襪剪開春水綠波摇錦袖逐花飛

醉花留月暎波清

輕輕柳絮拂窗紗韻入晴湍碧映華清夢繞花飛
送月素心期月醉邀花盈盈綠水春容淡靄靄青

山晚照斜英落半階空惜玉情留眼角鬢堆鴉

人近水樓山近月

衰易幾寒春復秋月明長見那人愁頭回若應低
聲語面轉如敧顧影羞幽徑入山臨北屋曲池環
水近南樓眸凝一笑含波綠甌泛花香漱碧流

月輪斜照合歡情

情深得見寫容璣曲罷人歸夜掩扉聲弄竹風清
透枕影移蕉月碧侵幃輕輕囑語低銜袂嬾嬾春
眠未解衣卿愛軟綃紅襯玉櫻脣濕露濺香微

初秋藥名詩　萬樹

盈池曉水占鷗沙宿樹秋枝沾蝶粉輕幔垂紅流
蕊香乳調新燕窺簾隱

美人八咏　　　　桂紫詒

麗華髮

斜翹翠壓半釵橫巧樣新妝鳳輦迎花罩錦籠蟠
月小髻垂青鬟帶煙輕鴉飛濕水沾雲綠黛掃香
塵拂鏡明華麗張妃宮帳暖遮欄桄玉惜卿卿

文君眉

留情睛鎖玉交枝粉抹羞看醉臉皺稠葉柳含煙
淡淡遠山青溼雨絲絲愁容照鏡金鐙臥廣額遮

鈿翠鳳儀鈎月新描輕筆好秋雲碧掃淡蛾眉

雙文目

酡顏醉月對西樓影動花簾闇遠眸蛾撲戲看停
裊步婕飛交盼欲回頭傞傞舞態癡情種怯怯嬌
腮玉淚流梭眼似潭寒入畫波清淡瀉一江秋

樊素口

融脂濕粉唾壺清巧笑多般百媚生紅藥翻花新
吐蕋小桃垂蕚半含櫻風微入韻流鶯囀月夜吹
簫紫鳳鳴籠錦倚腮嬌掩袖濛濛淚雨暮啼輕

西子臂

西郁處女羨摻摻曲徑逢君贈白縑低柳舞腰翻

彩鳳戲魚紅指弄新蟾浮深浣水香流膩袖拂花

窻風捲簾啼鳥雙飛驚撲扇齊鈎玉筆把詩拈

太眞乳

酥胸印汗溼紅妝帶解新衣舞夜凉珠吐蓮房花

結露粉彈菰米玉流香巫雲入夢雙峯倒暮雨成

行兩淚長扶醉欲歸春色暖壺清吸盡賣癡狂

小蠻腰

腰圍半減爲情牽偶鳳離愁憶遠年嬌態舞風迎

嫩柳怯肢輕折倒垂蓮飄飄絮影寒林雪嫋嫋雲

騰爐篆煙銷骨冰肌香沁玉綃紅浥雨妒花鮮

潘妃步

占夜寒燈添寂寥別郎留步欲魂消纖纖玉印苔痕淺窄窄金鈎月影搖簾隱香裙羅襪小樣描花鈿碧蓮嬌鴛開半恨離情遠尖笋春風迎瘦腰

偕隱東湖夏晚雨過偶同漁泛即事

李元鼎

江深臥雨憐蓬短月落驚灘泊釣孤窗曉亂雲凝白苧棹寒籠霧擷青蒲雙飛燕影踈簾卷遠泛漁歌野店酤瀧嗔破煙浮露冷掬香新芡剥明珠

蜨　失名

天晴趁影輕飄粉伴結長欄石砌陰眠栩栩驚秋
露滴翅雙雙暎水池臨煙含瘦影梅牕小夢入寒
枝梨院深憐却春心花盡撲翩翩幾隊逐園林

平湖送客

平湖一望遠峯晴日暮隨潮送客行城塝柳邊煙
漠漠月移舟上水盈盈盟鷗向欲同心素夢蝶還
依共眼青成合空花漚見得明星悟處了無生

雁字　余尊玉 名媛

風敲竹影鳥穿籬寂寂秋聲草色姿叢菊茂開偏

暎水艷花嬌吐自臨池東樓舞葉觀琴弄北塞飛
鴻對笛吹空寄遠書傳信去融光淡月落浮巵

和夫子東湖夏晚雨過偶同漁泛即事

朱中楣 名媛

江澄掠鷺晴鷗狎險句聯吟索韻孤窻滿鏡荷翻
疊浪黍肥螯劍擁芟蒲雙雙舞蝶迷花夢箇箇穿
魚易野酤瀧遠蕩舟閑載月報瓊應贈夜光珠

以上詩

菩薩蠻

春暮　王元美

白楊長映孤山碧碧山孤映長楊白春暮別傷人
人傷別暮春　鴈歸迷塞遠遠塞迷歸鴈樓倚獨
深愁愁深獨倚樓

閨思

斷風依約愁砧亂亂砧愁約依風斷無語對燈孤
孤燈對語無　冷香留去影影去留香冷思後夢
來期期來夢後思

秋思有序　丁濬

予幼時嘗讀朱文公劉靜修文集俱有菩薩蠻
回文詞惜其隨句倒讀不免意複不如至尾讀

回爲妙已曾以郵居爲題作一闋矣後失其稿
閑中復戲作此云

紗窗碧透橫斜影月光寒處空幃冷香炷細燒檀
沉沉正夜闌更深方困睡倦極生愁思含情感寂
寥何處別魂銷

擬織婦閨怨二首　湯顯祖

梅題遠色春歸得遲鄉瘴嶺過愁客孤影鴈回斜
風寒逼翠紗窻殘地錦室織急還催織錦官當夕
情啼斷望河明

還生救泣人天望雙成錦匹孤鸞悵獨泣見誰憐

流人苦瘴煙生親還棄捋鴛配關河戍遠心天未
知人道赦來時

咏月　吳山 名媛

薄雲氷淨光簾幙幙簾光淨氷雲薄清逼夢烏驚
驚烏夢逼清　靜階流素影影素流階靜時露濯
花移移花濯露時

閑咏

鶴鷗閑共人游樂樂游人共閑鷗鶴松落露高峯
峯高露落松　隔谿煙水白白水煙谿隔非是遠
忘機機忘遠是非

春閨 二首

沈宜修 名媛

絮鶯啼夢春光曙曙光春夢啼鶯絮遲日下簾垂
垂簾下日遲
看花凭玉婉婉玉凭花看紅袖煖
香籠籠香煖袖紅
碧烟凄影疎梅白白梅疎影凄烟碧春早又傷人
人傷又早春
亂魂隨夢斷斷夢隨魂亂愁寄暮
雲流流雲暮寄愁

送仲韶北上 二首

仲韶葉紹袁字宛君之藁砧也

柳疎垂暎長亭酒酒亭長暎垂疎柳人去促飛塵

塵飛促去人　鴈征愁信遠遠信愁征鴈彈淚染
綃紈紈綃染淚彈
舊容銷盡寒梅瘦瘦梅寒盡銷容舊新恨別傷人
人傷別恨新　杏林春醉景景醉春林杏嘶馬聽
歸期期歸聽馬嘶

秋思 八首

荇風搖碧簾遮影影遮簾碧搖風荇涼月照宵長
長宵照月涼　暮雲飛寂露露寂飛雲暮幽思伴
香篝篝香伴思幽
燕鷩歸候飛紈扇扇紈飛候歸鷩燕蕉雨隔窗綃

綃窗隔雨蕉　荳含花似瘦瘦似花含荳腸斷正
更長長更正斷腸
碧天連渚秋雲夕夕雲秋渚連天碧山遠共江寒
寒江共遠山　素裙飄薄霧霧薄飄裙素明月暎
波平平波暎月明
白蘋淒影悲秋客客秋悲影淒蘋白魚渚恨無書
書無恨渚魚　玉肌涼夜獨獨夜涼肌玉銀枕夢
花茵茵花夢枕銀
古今流水愁南浦浦南愁水流今古清淺棹人行
行人棹淺清　問誰憑去信信去憑誰問多恨怯

裁歌歌裁怯恨多

小屏蘿蔭餘香裊裊香餘蔭蘿屏小衣袖半烟霏
霏烟半袖衣　日斜彈怨瑟瑟怨彈斜日低柳掛
蟬嘶嘶蟬掛柳低

曲欄凭遍看漪綠綠漪看遍凭欄曲流水去時愁
愁時去水流　井桐疎葉冷冷葉疎桐井横笛晚
舟輕輕舟晚笛横

釧金鬆冷澄江練練江澄冷鬆金釧唇點罷桃勻
勻桃罷點唇　綉簾窺月逗逗月窺簾綉情寄楚
山清清山寄楚情

秋景　　卞氏名媛

翠寒香淨秋、荷芰芰荷秋淨香寒翠飛鴈帶雲微

微雲帶鴈飛　處閒人默語語默人閒處心遠寄

山深深山寄遠心

聯環結

秋夜　　翁與淑名媛

淺雲行散紅霞斂斂霞紅散行雲淺中可月亭空

空亭月可中　砌蛩吟細雨雨細吟蛩砌燈燼欲

闌更更闌欲燼燈

木蘭花、

獨坐　汪昌朝

晝圖開處飛鶯燕新漲春湖垂柳線架書淹日盡
窮搜下帷孤坐碁談倦　掛簷晴翠山當面如如
悟却忘欣厭瀉玉寒泉遶石臺夜來歸鶴棲松院

以上詩餘

雪賦 回讀至毛羽擲風後與順讀句不同　石龐

微風蕩月薄烟籠霧柳藏飢烏日落飛絮舞衫點
片花圍深樹練鎖荒山曰歌歲暮寒陰石潮風擲
羽毛翠疎巢曉樹驢瘦踏危橋寺深藏徑天遠隱
蛟林陰響澗岫晚歸樵庭垂筋玉座滿瓊瑤鷹飢

避泠草舞回風僧歸踏影隨明月鶴唳籠陰暗老
松星沉澗碧犬吠山空輕翅墜香飄粉蝶細鱗飛
彩鬬潛龍脣波現璞枕石鳴泉青拖竹逕兮金飾
玉戛影鎖槐庭兮幹老根盤清露引笙兮鳴鳳澹
梅浸鏡兮窺鸞凝堦兮剪水禁暖兮添寒成山鑄
玉刻石堆鹽烹茶爨竈煮酒書箋虛閣晚開霧翠
嵐朝帶煙魚沉淺水日漏空巒書排婦鴻奴鳫畫
送遙水遠山枯枝老樹寒依石埜店荒村遠接天
雨雲勞夢兮迷衾枕煙篆鎖香兮繞麝蘭古今兮
來往塵世兮涼炎曙光幽動珠簾竹圓露薄腥玉

砌苔語鳥棲陰梅野霽啼雞聽曉桂窗開光浮短
燭暖帶寒灰囊書覓景鬢霧扶釵長漏玉溫冬夜
永瘦容山色暮風悲觴開臈破瑞接春催香吹短
笛兮殘花落葉舞旋風兮冷鴈哀涼潭隱月夢魂
清綠生空水細蕊凝香幽骨透影倒老梅江渡晚
漁浪破聽移孤艇去路隨斜柳潮殘響帶晴簑歸
莎莎斷岸兮荷敗漠漠空庭兮草衰鄉思客恨閑
敲韻夜醉魂搖獨夢槐鏘鏘斧響幽林綠笠風寒
松葉細寂寂扉關曲徑枯薪擔冷岫雲微缸籠淡
影竹移窗剪收香袖玉種空花蘆擁浪衣冷綉閨

狠虎縱橫樹塢荒石縮蒼苔瑟瑟鴈鴻飛盡江天
逵雲鬟翠嶺巍巍岡平兎走野壙鵶飛長亭兩岸
草連煙碧流茶甕叠嶂雙峯屏寫畫清泛酒盃窻
晴皎皎院冷皚皚亂曰飄花兮飛玉凄其舞絮兮
敲竹斷橋兮布密雲鳴鐘兮埽輕塵片片翻兮穿
幕簾娟娟白兮積石巖殿繞濃煙兮壁彩庭書淡
墨兮山矮

以上賦

回文類聚卷第十

回文類聚跋

內侍高班內品監秘閣三館書籍兼點檢勾當
兵吏部官院同簽署起居公事江南兩浙道搜
訪圖書臣 裴逾至道元年六月十九日奉
聖旨齎到
宣賜
朝散大夫守尚書工部侍郎知寧海軍兼管勾
寧海軍蘇越等十五州軍兵馬公事瑯琊縣開
國男食邑三百戶柱國
賜紫金魚袋臣 王化基奉請類聚甫成客有言

至道御製者屢求乃得之謹登載卷首用且彰

聖學之融妙云 臣 桑世昌敬書

玉山仙史余行先弟之别號也行先仕名爲賢一名存孝幼聰頴好奇文探索幽隱與秋華沈子青霞尤子爲莫逆交揚風扢雅人咸目之爲城東三俊云暨登籍仕版往來滇黔受知張太中丞余亦羈驅川蜀睽别數年雖鱗鴻往返而覿面無由嗚呼蘭亭已矣勝會無常良有以也今沈尤二子已作故人獨玉山之蘊藉不減從前讀其緒餘彙訂回文類聚一帙夫回文始於盤中彰於織錦皆蘇姓也玉山毋亦有感於眉山二蘇之出處乃假閨媛以寓言耶不然出其

才智豈不足黼黻皇猷聲施奕禩而乃寄情閨
閣注意文粧則其胸臆所存必有在也寧僅似
張率之託名韓偓以香奩集爲嚆矢之意歟壬
申嘉平月秦臺朱玭識

讀囘文類聚卽用囘文體

玉山仙史衍珠旋綴補新詞卷百千軸錦留霞
飛滿袖竹凝甘露灑虛天

秦臺女史胡瓊

ISBN 978-7-5010-8506-4
9 787501 085064 >
定價：160.00圓